我可能遇见了假的外星人

李维北 著

江苏凤凰文艺出版社
JIANGSU PHOENIX LITERATURE AND ART PUBLISHING, LTD

目 录

1 松鼠一小步，人类一大步

观察星人

特　　征： 蓝色皮肤，没有耳朵，鼻子呈黑色球状，如同大号的机器猫。

职业选择： 因寿命很长，很适合当宇宙中的观察者，默默观察着一些可能出现高级智慧的星球。

爱　　好： 偷懒，睡觉。

1

2027年5月4日。

即日起，将开始为期一周的持续降雨。天气骤然冷得要命，夏天仿佛在过来的高速公路上堵了车。

我一个人在拥挤的人才市场里走来走去，寻找机会。

一个个招聘格子铺里要么空无一人，要么三三两两地坐在一起吃东西聊天，大家都在走过场，似乎在候着一个早就内定的某人。

真正招人季是在年初一月左右，上一年的辞职缺口需要新员工补充。五月是劳工双方例行外出“淘宝”的月份，应聘者试着去碰好单位，招聘者也去筛选物美价廉的员工，两者目的相错达不成统一，结果自然是双方都失望。

漫步在各个格子铺间，我断断续续地投了十几封简历。收我简历的人甚至懒得问我任何个人信息，只是指着桌上纸袋让我塞进去，顿时让我感觉自己的简历就像是一封寄往远方的信。

很多人都抬起头，对着上方巨大的荧幕指指点点。我也看过去，大屏幕上原本滚动播放着“欢迎大家来到五月招聘会……”，不知什么时候被切换成了央视新闻。

之前从来没有央视强行拉掉信号的先例，大家都很慌张，我也不禁猜测：莫非是要打仗？还是说，今年招聘季要宣布提前结束？

荧幕上主持人脸带微笑地说：“观众朋友们，大家好，这里是中央电视台，下面插播一条紧急新闻。”

众人绷紧神经，如临大敌。

“今天，包括我国在内的十六个国家都收到了来自地外文明的邀请函，这意味着人类第一次对外文明的交流将要正式开启，央视为此推出了一个新的频道CCTV-TIA，所有内容将会同步直播，请大家注意收看……”

这条简短消息造成了爆炸性的效果，周围各种声音陡然增大几倍，大家都十分兴奋地议论着，几乎每一句话都围绕着外星人。外星人长得很丑吗？外星人过来是度假还是做生意？外星人会不会来地球招聘？

我一封简历都没有再投递出去。一个个招聘者都说，年轻人，外星人都要来了，你还找工作，这可是大时代的事情，你应该关注时事才对。

我只想说干我屁事，外星人来了我还是要吃饭啊。

不过是让这几个不情不愿工作的人有了一个偷懒的理由而已。

整个招聘会不久就变得空荡荡的，连打扫的清洁工阿姨们都一边看着手机上的同步信号，一边心不在焉地扫地，扫得我新买的高仿阿玛尼皮鞋上全是灰。

我对外星人的第一印象不太好。

二

与外星人相遇没有无数人设想的那么浪漫。

轨道空间站里有一个中国科学家吴力教授，他个人爱好是溜松鼠，还给他的松鼠“摩西”特别定制了一套松鼠牌太空服。闲来无事他就用绳子牵着松鼠，空间站用绳子牵着他，人和松鼠就这样在宇宙中漫步一番，思考宇宙的奥妙。

有一天他带着摩西午后散步，突然连接松鼠太空服的绳子锁扣断裂，他来不及抓住断掉的绳子，眼睁睁地看着心爱的松鼠离自己越来越远，一点点飘向太空。

这件事在华尔街日报、泰晤士报、人民日报上都有详细报道和视频对话采访，不过采用的是三个不同科学家的视角。

美国科学家华莱士当时正在吃一块酸黄瓜，他只听到耳机里有人在喊："出大事了！"

咬碎的黄瓜瓣从他的嘴里喷出来，恰好砸中他心爱的家庭照片，溅得上面全是酸汁。他赶紧问："出了什么事？"

维修员："不好了，吴教授疯了，要开小型飞船去太空里抓松鼠！"

说到这里华莱士露出一个无奈的笑容，连续说了三个"unbelievable"。

"你们知道，我一直觉得亚洲人生性腼腆，比较不擅长表达，他们更喜欢掩饰自己的情绪。但是当时吴是真的愤怒了，就像是一头发狂的公牛，没人敢和他对视。"

华莱士不得不硬起头皮拉住吴教授，对他说："吴，你要以大局为重，我们大家都很喜欢你的松鼠，可是这种意外在太空是不可避免的，我很遗憾，但是你要控制自己。想想你的家人，他们还在等你回去。"

说到这里，华莱士对采访者指了指自己的左下颚："看到了吗？这里，那家伙狠狠地打我这里一拳。我发誓，他绝对是练过的，当时我差点就被打晕了。"

他大笑两声，接着说："接下来的事你们就都知道了，我们的英雄追了出去。我得说，还好他没有追到我们的小摩西。”

泰晤士报中，接受采访的另一个科学家多萝西，是一个知性温和的女士，笑容让人心情愉快。

多萝西抬起左手五指，掩嘴一笑，说：“好了好了，我知道你们想知道当时发生的事。现在想起来我都觉得不可思议，吴教授当时就像是变了一个人，他和华莱士扭打成一团，将华莱士击倒后，跳上小型飞船就冲了出去。那场景就像是一部小时候看过的西部片。”

她十指交叉放在膝盖上：“结果是遗憾的，小型飞船燃料有限，而松鼠体积太小，最终还是失去了它的踪迹。回来之后吴把自己锁在狭小的马桶房间里，一个小时后才出来，他对我们每个人都说了抱歉。看见他的样子，大家都忍不住安慰他。”

多萝西嘴角动了动，接着说：“但是没有这件事，后面的大时代大概还不会到来。先辈们不是说过吗？很多事情并非努力了就会有结果，无数世界变革的节点，往往都是一些不起眼的小事拉开序幕的……”

央视演播室里则是另一番场景。

五十二岁的吴教授，戴着一副黑框眼镜，头发很短，身穿一件米色格子衬衣，衣角压进裤子里，典型知识分子的温顺模样。

女主持人关切地问道：“吴教授，当时松鼠‘摩西’意外飘进太空，你追过去时有没有想到自己可能也会遭遇巨大危险？我们都知道，小型飞船燃料的承载量非常小，抗击打能力比较弱，也没有更多的氧气储备。”

吴教授说：“当时没有想那么多。空间站里的生活很是清苦，当时摩西发生意外，我感觉和失去了自己的亲人一样，所以……”

女主持人适时岔开话题：“那么摩西回归，当外星人大使鲁英俊出现在空间站时，又是怎样一番场景呢？”

吴教授沉默良久，开口道：“我当时……吃了过期的豆子在厕所拉肚子，拉了一个小时，没看到。”

“下面请大家观看这段珍贵的画面……”

女主持人机敏地再次转移话题，避免过于实在的科学家继续跑偏。

3

空间站内吴教授和华莱士进行拳击时，走失在太空中的松鼠摩西在干什么呢？

这里可以参考星际网频道“我爱动物”里的一段实时拍摄。

镜头里出现的是一个蓝色皮肤的生物，他没有耳朵，只有一只黑色的球状鼻子，这是观察者星的一位中文名意译为“鲁英俊”的年轻观察员。他当时三千五百岁，在观察者星的一众长寿者中只不过是一个毛头小子。

鲁英俊每隔一百年醒一次，忙碌一年，然后再次睡去。

这次他是被警报惊醒的。

微型观测器捕捉到了智慧生物的特征，他赶紧爬起来，操纵观测器对准那游荡在星空中的小小生命。

鲁英俊看清楚对方的样子之后激动得浑身发抖。稀有动物，长长的尾巴，毛茸茸的身体，还有那一双浑圆无辜的眼睛，情况十万火急！

这么漂亮的动物如果不能够拯救下来，他就是宇宙的罪人！

他风风火火地驾驶伪装成陨石的飞船光速赶到，用超高温粒子炮将“珍奇生物”周围的疑似残片迅速清理，超人一般地将松鼠救下，然后带入飞船里。

接着，鲁英俊打开了他在“我爱动物”频道的私人频段，开始同步直播自己与这只从未见过的生物之间的互动之旅。

鲁英俊的频道迅速地火了起来，观看人数从原本的寥寥几人迅速增到几百人，后又激增至上万人，不少观众被萌宠弄得爱心泛滥，纷纷打赏、赞美。

不过，正在兴头上的他却收到了一条私信：这不是野生物种，是人为饲养的。我家里养了很多珍惜动物，我判断的不会错。

鲁英俊和对方辩论了一番，对方点出了有力证据——松鼠身上那小小的宇航服上有文字“摩西”，这是松鼠的名字，松鼠的生理结构并不允许它做出这样的印记。

无力反驳的鲁英俊气呼呼地关了直播，这才注意到松鼠本身之外的东西，它穿着的这套防护服看来也不是它自己打造的。

一番研究后他不禁大吃一惊：难道那颗蓝色星球的人的智力突然增长了？

他急匆匆地打开月球上那为了省电而关闭的观测器，原本这观测器是每年开两天就关闭，观察星人懒得去定期检查——蓝色星球上的土著人几万年了还是智力平平，完全没有心智开化的迹象。

再次开启观测器后，鲁英俊不禁吓了一跳："我的乖乖，蓝星人怎么开始飞了起来？他们竟然已经开始用他们造的破烂航天器探索宇宙的空间，真是胆子大。"

兹事甚大，他立刻将此事汇报给了星际联盟（The Interstellar Alliance，即后文中的TIA）驻扎在银河系的办事处。为此，所有人都忙碌了起来，经过考核调查，联盟官方的各审查机构一致认为：地球人已经到了可以和大家正常交流的地步，强力证据就是他们懂得养宠物的乐趣了。

鲁英俊作为特派大使搂着松鼠摩西，正式拜访了摩西的家——吴教授所在的空间站。

此时吴教授正在厕所拉肚子，他拉得手足松软，耳朵都开始耳鸣，以至于听到华莱士慌不择言的奥尔良口音时恨不得将纸巾塞进他的嘴里。当他筋疲力尽地从卫生间出来时，看到了一个浑身蓝色的高大身躯，而摩西就在这个怪人的肩上。吴教授忙跑上去，痛哭流涕地抱住摩西……

鲁英俊抱着摩西走入空间站的这一幕成了开启另一时代的伟大节点，小松鼠摩西飘浮着飞向舱内，仿佛古代神话中的先知一样，给人类找到了分开海洋的出路。

后来，这一伟大时刻被称为"摩西的一小步，人类的一大步"。

同地外文明正式接触之后，各个成员国的外交官大使们来来去去，大家从简单的试探到互相了解，再到深层次的政治经济合作，很快地球人就融入了TIA的圈子。在这一年里，联合国通过了一百八十个国家元首签署的同意书，正式加入了“TIATO”（星际贸易合作组织），人类与外星人，不，现在应该说与其他种族文明之间的沟通交流正式迈上了一个新阶梯。

外星人士陆陆续续地登陆地球，新世纪就此开启。

大时代对我这样的小人物影响最大的是越来越难以找到工作，外星人士可以说一个个身怀绝技，地球人类和他们的竞争变得很困难……可以说是陷入了一个甜蜜的烦恼。

2027年对我而言有三件大事：

1.毕业后失业；

2.外星人的到来让工作更难找；

3.我丢失了部分记忆。

1.1

在全国播放紧急新闻的那一天，我站在人才市场的大厅内，扫地阿姨一边看着手机一边把灰尘扫到我的新皮鞋上。

我走到门口，大脑像是被香蕉水洗过一样，大片大片的空白。

无数记忆的碎片好像被扫地阿姨的吸尘器一并收走，打包在一个密不透风的黑色垃圾袋里，送上车开往焚销处。

再次醒来时，我发现自己身处夜色中的一个路灯下。仿佛做了一场漫长而又无足轻重的梦，因为我完全不记得梦到了什么。

我在手机上的备忘录里复习自己的基本信息：我叫马季，二十五岁，毕业于庆城大学，单亲，只有一个妈，独生子，一年前毕业，失业至今。

现代生活最大的好处就在于如果你想要找到自己遗忘的东西，用手机就行。我相信通讯录里的每一个联系人都是与我的生活有密切联系的人，哪怕这些电话未必都打得通。比如说，其中就有个叫“女朋友”的人，电话那一头却是空号。还有更多的名字，他们可能是我的朋友，同学，老师，我却不敢逐个去问。

每个人都有不想要被公布、被索引的隐私，这些秘密都藏在大脑深处，在那些沟壑下的神经网络中，这些东西才是真正了解一个人的最重要的镜子。现在我暂时失去了这面镜子，一时间不禁对自己有些陌生。

晚上我妈给我打电话过来，兴高采烈地说：“马季你看新闻了吗？那个吴教授是我以前的小学和中学同学，我还把他衣服和鞋子丢到过厕所里。对了，他还曾经暗恋你陈阿姨呢……他算是和外星人接触的首功，没想到他居然辞职了。”

陈阿姨这个名字明明很耳熟，我却没有太多有关于她的记忆，在老妈高亢的声音刺激下，我脑子里终于浮现出一个浑身珠光宝气，步伐富态柔软，牵着一只吉娃娃在街上散步的圆润妇女。

吴力教授是我妈的同学，并且是戴金镯子的陈阿姨的暗恋者，光是这么一层关系就让我对这位科学家感到亲切不少。

“摩西的一小步，人类的一大步”事件让吴教授火了一阵子，没有他的失误，就没有摩西找到地外文明的路径，某种程度上说吴教授也算是人类进步的指引者了。可惜这位指引者却在电视台的直播中和外星大使鲁英俊打了起来。

事情的起因是鲁英俊认为摩西是自己的好伙伴，所以认定摩西应当由自己来照顾，不肯归还给吴教授。吴教授当然不答应，表示摩西是他的宠物，既然回来了就应该物归原主。

鲁英俊大喇喇地说："你已经让它失去了一次生命，现在它属于重新获得新生，已经和你没有关系了。"

大家都知道，鲁英俊的"我爱动物"私人频道现在完全依靠红人"摩西"来支撑。没有摩西的话，他立刻又会变回那个默默无闻的普通观察者。

吴教授气不过："你作为观察星人的观察者，人类起飞这么多年你都没有看到，你这不是渎职是什么？现在还想以权谋私，利用摩西来获取关注度，真是不要脸。"

鲁英俊的目的被公开识破，顿时恼羞成怒："我要和华莱士谈，我不要和这个野蛮人说话，这是污蔑，污蔑！"

俩人开始以各自的母语对骂，进而扭打在一起，场面乱作一团。

这一段视频虽然当时被掐掉了，不过还是有一些通过转播渠道流露了出来，成为众人茶余饭后的谈资。

吴教授和鲁英俊打了一架后受到了处分，因为没有顾全大局，给地球人和本国人造成了极坏的影响。吴教授因此也没法继续在空间站前线上班，落了个闲职，被调去研究月球地理史。他一气之下辞职不干了，从科学家转职成了一名视频主播，每天播放自己去野外观察动物的视频。

鲁英俊同志也没落得好，之前给他发私信的那位仁兄举报了他，谴责他当时没有及时去衔接地球人，而是开了直播到处吸引点击量的行为。鲁英俊认为自己是被嫉妒了，也因此被相关部门剥夺了“观察者”的职位。

鲁英俊越想越气，再怎么说也是自己引荐了地球人吧？这么重大的事情没有自己的推动能成吗？居然就因为这一点点毫无危害的私人爱好否定了自己三千多年来的劳苦功高，为此，他也愤怒地提交了退职报告。

可以说鲁英俊和吴教授算是不打不相识，他们辞职后一来二去地还互动上了，发现双方志趣相投，都对“生物”和“户外观察”方面有着浓厚的兴趣。于是他们组成了一个叫“辞职兄弟”的团体，开始一起在各个星球上旅行，并同步直播在野外的见闻，包括与当地人的交谈、收集当地的各种传说与风土人情，还与各种珍奇的动植物进行近距离接触。不久，“辞职兄弟”就在“我爱动物”频道上打出了名头，成了红人，参加节目、出书、做纪录片……辞职兄弟的LOGO仿佛无处不在。

一年前两人先后以“外交大使”和“打架丑闻”出现在公众面前，现在他们以“知名主播”的身份再次登场，这是所有人都没有想到的。

5

至于小松鼠摩西，自它从太空返回陆地后就患上了怪病，每天不吃不喝，医生和专家诊断、照顾都没用，有权威医院判断说摩西是得了忧郁症，难以痊愈。没多久摩西就死了，被埋进了一个大名鼎鼎的英雄公墓中。

它死的时候全球哀痛，各国外交部也纷纷发表吊唁文以示惋惜之情。

摩西死掉的这一年松鼠热遍大江南北，不少厂商趁机开发了与松鼠相关的游戏、手办和周边产品等。一时间所有人都开始热衷于养松鼠，期待松鼠也能给自己带来奇遇。

“辞职兄弟”二人组在摩西逝世这一天也在继续直播，已经练就出不俗口才的吴教授穿着一身黑色冲锋衣说：“我们都很感谢摩西，因为它我们才能见面。如果有来世，我希望摩西能够和其他松鼠一样，快活地在树林里啃坚果。”

蓝胖子鲁英俊等大家情绪稍微平静了一点后，敲着手里的锣大吼：“铛铛铛铛！没错！这里是辞职兄弟的特别节目！现在我们将去拜访一个深山老者，据说他已经修仙成功，而他养了一只神奇的仙鹤，正是因为这仙鹤给他带来了传说中的‘不死药’，可昨天仙鹤却神秘死亡，究竟是道德的沦丧还是人性的扭曲，欢迎收看辞职兄弟的特别节目‘走近修仙’……”

我也打赏了他们一个坚果表示支持。

要当英雄就得什么都做对，不能众目睽睽下打架，不能口出粗鄙之语，不能偷懒打瞌睡，也不能关键时刻拉肚子。但在山野之间，辞职兄弟可以像是松鼠一样上蹿下跳，敲锣打鼓。

英雄是松鼠的，自由是辞职兄弟的。

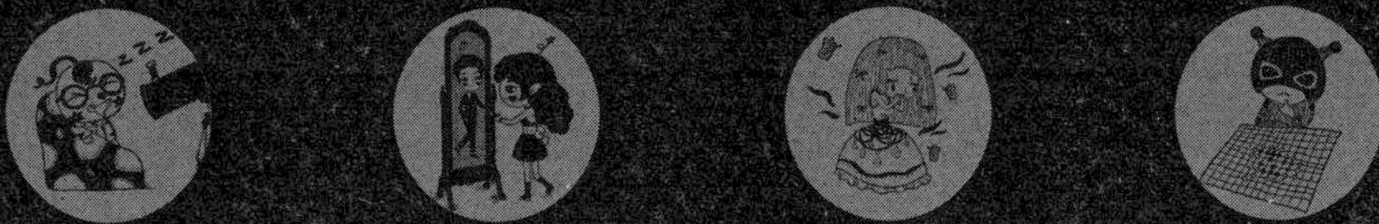

2

要是能重来，我想学李白

拓艾星人:

特　　征: 核心在大脑，成年后可选择一次躯壳定型，不同躯壳代表他们的性格和追求不同。有走传统实用流的就变为交通工具、电子器械等；有走随波逐流的自由职业者就变成木偶人；也有拒绝上班的就变成一棵树、桥墩、安全灯等靠别人照顾的“不动族”。

职业选择: 根据形态、性格进行选择。

爱　　好: 欣赏表演。

1

即将正式上班，我需要剪掉一脑门的长发。工作是家里帮忙介绍的，总之就是一连串的亲戚牵线搭桥，最后让我去一个叫苏总的公司上班。苏总是个爽快的女人，电话里说："马季你明天直接来报道，记得穿正装。"

我把那件皱巴巴的西装丢到干洗店洗了烫好，然后忽然意识到由于宅在家里太久，我的头发已经变成了爬山虎。

路过几个理发店，里面的人都很忙碌，一大堆排队的，大多数还都是女性，看样子根本轮不到我。我一连找了好几个地方，就连商场里的快剪也尝试过，但他们要么只会一招"方头方脑兵哥头"，要么就是没空，忙着玩手机聊天。

我一路寻找到公园，看到一个戴着匹诺曹木偶头套的人，在一处空地弄了个简易理发椅。头戴红帽子的木偶人站在那里，正在给一个小孩子理发。他的左右手各拿一支剪刀，动作飞快，不时用喷雾喷些水雾营造效果，看得周围的人连连鼓掌。

现在卖艺也要噱头，这身木偶装的确能让小孩子开心。

他的手法倒是一般，给小朋友剃了一个平平无奇的小平头。小朋友的父母给了他一张纸币，被他小心地收进旁边巨大的背包里。

那个剪头发的小朋友看到镜子里的自己，一下子哭了出来，指着木偶理发师"呜噜呜噜"说着什么，没人听得懂，他父母倒是频频点头，神色愈加凝重。

"你弄疼他了！"小朋友的父母脸变得飞快，一把揪住木偶人的胳膊："你有没有执照，哪家理发店的？"

理发师慌了，用带着奇怪口音的普通话说："对、对补起，我做得不耗。"

"装外国人？"那父亲一下子更是火上眉头，用手去拔他鼻子："快给我把头套取下来，鬼鬼祟祟的，你到底是不是理发师！"

木偶人指天指地，像是跳大神一样说着听不懂的方言。

最后，木偶人将自己背包里的所有纸币拿出来给他们，那对父母才放过了他。可经这么一闹，再也没人去光顾他那简陋的小摊。

我找了一圈还是没找到有空余位置的理发店，按照墨菲定律，越是想要在某些地方理发的时候，就越是找不到。傍晚我又转回公园，看到木偶人挪移到了角落处，他一人坐在花坛旁边的台阶上，双臂放在膝盖上，呆呆地看着路过的行人，样子很是落魄。

我这人最看不得人可怜，走过去说："理发吗？"

他眼睛一下子亮了，忙说："理发，理发，五块。"

我点点头，他立刻忙碌了起来。

近距离的观察下我才发现，木偶人的手关节都有金属锁扣，脚下一双长皮靴被钉在小腿上，铆钉钉得牢牢的。他的身上穿着一件红色衬衣，黑色长裤，挽起袖子时我才注意到这就是一台机器，根本不是穿着一件木偶外套的人。

见他兴致勃勃磨刀霍霍的样子，我心虚地问："你……是不是人？"

木偶人身体一僵。

我吓了一跳："你真是机器人？"

他赶紧摆手，道："不，不，我是拓艾星人，我是正常生命。"

地球对接地外文明后我还是第一次在实地上见到外星人，不由得有些愧疚。面对外星来客，作为地主的我实在是太没礼貌，太没风度了。

于是我从理发布下伸出手，礼貌地说："欢迎来地球发展，我们热情的地球人是非常欢迎各种星球的朋友过来做客的。"

他也有些紧张地伸出手，隔着理发布和我握了握，用蹩脚的中文说："歇歇。"

询问之下我才知道，"木偶人"竟是一个艺人，擅长唱歌。他来到地球后无意中听到了一首《李白》，顿时有种他乡遇知音的感觉，继而给自己取了个中文名——李白。

李白说他们拓艾星人诞生之初只有一块大脑，这时候长辈们会把幼年孩子们的大脑放进一些"容器"之中，保护他们娇嫩的核心器官。

随着年纪一点点增大，他们可以拥有增减自己外貌的能力，成年时必须定型登记在册，从此之后不能再改变自己的模样，因为容貌就是他们互相辨认的标志。

我不由好奇："贵地都是像你一样的……木偶形态吗？"

李白中文不太好，不过勉强能够和我比划着沟通。一番艰难理解之后，我大概明白了他的意思。木偶形态其实算是一种性格，在总计人口一万左右的拓艾星，他们在成年期前有多种形态可以选择，每种形态代表他们走的一个路线。

你成年后选择了木偶躯壳，就代表了随波逐流的性格；如果选择了飞行器之类的实用性躯壳就代表了专注于实体事业。除此之外，还有代表拒绝工作的树状、桥墩形态等，选择这种形状的拓艾星人就一辈子没法移动，充当城市装饰物，给城市提供便利和安全。好处是有人照顾你，也算变相为大家提供了赏心悦目的环境。

如此一来大家的交往也很方便，一看你啥样子就知道你的追求如何，也没有那么多试探，直来直去。

随波逐流的木偶人李白本以为以自己的艺术造诣，来到地球必定能让这一群新晋土著大开眼界。

李白喃喃道："握踠了（我错了）。"

2

用李白的话说，在拓艾星人中他算不上是顶尖上的那一类，却也是前列的才华型歌手，旋律、节奏以及唱腔都很好。

我听得心痒痒，鼓励他来一首。

李白唱了一段"如果能重来，我要当李白……"，唱得我耳根发麻，眼冒金星，如果走调有一个高下之分，李白肯定已到了登峰造极的地步。

他懊恼地辩解说："是地球空气含量的比例和拓艾星的完全不同，所以唱出来一点也不好听。"不过我算是明白，李白这是班门弄斧来了，拓艾星的人口总共不到一万人，就算歌手占了百分之一，也才一百人吧？

地球上吃这碗饭的人有多少？光是每年参加歌唱选秀的人数说出来都能吓死他。

当然我们这些走在娱乐事业前面的大哥不能一味地打击这些后来

人，于是我大方地说道：“走，我请你吃饭，也算是尽地主之谊。”

直到进了馆子里我才意识到：他是木偶，木偶是吃机油还是吃桐油？直接问的话好像显得有些没礼貌。

没想到我的担心完全多余，李白用那张上下结构的木头嘴“呼噜呼噜”吃得不亦乐乎，让我不禁怀疑：木偶架子里面是不是有个地球人，他伪装成外星人的样子来骗吃骗喝。

李白抬起拇指，心满意足地说：“地球东西，好吃。”

这句话让我有些自豪。

吃饭时其他人也没有意外，毕竟只是一个木偶人而已，还有人带着鸵鸟进来一起吃饭的呢，这算什么？

李白边吃，我边套词，得到了很多令人意外的消息。

李白终于“吃人嘴短”说了实话：

他是被邀请来地球的，对方是一家著名的唱片公司，准备以“第一个登陆地球的外星歌手”作为噱头去包装李白。即是说，原本李白是被选中作为天皇巨星的身份加盟，他的人偶中性身体能够让男性女性的审美进一步统一，他离奇的外星人身份令大家好奇，这些卖点已经足够。

不止如此，李白透露那家公司的经纪人还给他编造了一个无比曲折的身世故事，大致如下：

天皇巨星李白原本是一个孤儿，他出生时父母就死掉了，从小在孤儿院长大，他懂事后做的第一件事就是抓起一张唱片放进旁边的放映机里。

他在孤儿院里一直住到成年，院长禁止他唱歌，只要他唱歌就会被关禁闭，被胶带封住嘴。可大家都知道，天才是锁不住的，终于有一天，他无意间在梦里唱歌起来，引得外面路过的行人如同失控一般跳起舞来，大家纷纷敲门要见识这个神秘孩子，送给他鲜花和奶油。

说到这里，李白犹豫道："你还要听吗？"

我摇头。

总之就是这种东西，经纪人给了李白三个版本，让他选一个定稿，然后大家背熟，开始到处疯狂宣传，参加各地走秀和综艺节目，接着高调制作第一张唱片，最后一炮而红，大家都赚得盆满钵满，完美的路线规划。

但李白不懂地球人的套路，他老实道："可我唱歌不行。"

至少在地球唱歌，他完全没竞争力，随便拉个路人都可以在KTV捶爆他的分数。

经纪人很大度，说："不是你的错，都怪水土不服，这个唱不好我们有后期技术员嘛。不要担心，你用嘴巴对对口型就行了，你是明星，不要怕，要有范儿。"

李白和对方争执了起来，怎么能站在台上不唱歌呢？那样算什么歌手？经纪人给他解释说："地球歌手有特殊国情，重点是造型要够多，还要随时关注台下粉丝们的态度，给个飞吻或者解开一两颗扣子之类的制造气氛。最后，不能忘记要有自己的标志性动作，或者一句经典的口头禅。这些才是关键。"

李白据理力争，自己必须唱，只要上台就得真唱，他觉得自己受到了侮辱。

最后，经纪人告诉他："你违反了甲方要求，已经被解约了。鉴于是外星友人，我们就不再追究损失费了。这是回去的航天旅行票，您想通了再和我们联系吧。”

李白没有走，他决定留下来，用仅有的一点纸币去各个演唱会现场观摩，看地球名歌手是怎么唱歌的。

听到这里，我拍了拍他的木头肩膀：“李白兄，真是有骨气。”

李白老老实实地说：“其实我也再找过经纪人，想说我愿意让后期来唱，可他电话号码换了，我在门口被保安轰了出去……”

我听得有些心酸，一个不远千里过来寻求发展的歌手，原本应该是天王巨星来着，结果因一时意气用事，现在沦落到在公园给人剪发的地步，还要逃避城管追捕，真是“力拔山兮气盖世，时不利兮骓不逝”。

李白碗里的拌面已经吃光，他用那圆圆的眼睛看向我：“我可不可再吃一碗？”

“吃，服务员！”

我豪气挥手道：“再来一碗，不，两碗拌面！”

李白一脸感激。

3

李白想到转职当理发师，是因为他以前在拓艾星当过一阵子城市管理员，给一些立志不工作，要当装饰物的同胞们修剪过树冠，也算是有一定理发从业经验了。

可惜李白只会剪最简单的圆寸和板寸，沿着脑袋剪，这是帅哥的专属头型，其他人过来剪头发当然是为了弥补一些自己的不足的，帅哥哪怕光头也帅好吧。所以我给他建议：你要想想，最丑的脸型要剪什么发型合适？如果你能驾驭住最丑的人，给他增加一点自信，那么我觉得就有戏。

李白开始疯狂地练习。

每一条路过的野猫野狗都被他剪过毛，以至于后来小动物看到他就逃。他还看电视剧学会了一手“意念练习”，也就是闭上眼睛，想象眼前坐着一个客人，仿佛自己真的在给对方剪头发一样，动作无比认真。

好在拓艾星人不用睡觉，他们只要吃得够多就能够弥补消耗，李白出没在一切有头发可以剪的地方，他偷偷用林荫带的绿化带练手，曾经一夜之间把一条街剪了一幅群狗夜奔图出来，还上了新闻。

这事过后他突然就销声匿迹了。

我上班差不多一个月后突然接到李白的电话。

“马季，我找到工作了，我在浪客发廊上班了，你过来剪头发，我给你打九五折。”

我说好好好，这周我就来光顾。

周末时我如约而至，发现这里门口立了一个牌子“我国首例，拓艾星魔鬼理发师李托尼先生加盟鄙店，全场九五折大酬宾！每日限量三十人！”

我看到排成长队的理发客们基本上都是男性，毕竟男人头发哪怕有点误差也便于补救，女性头发成本太高，容不得失误和随便尝试。

店里大荧幕上正播放着宣传片。

李白的样子已经今非昔比，他穿着一身白衬衣白西裤，戴了一副骚气的红色眼镜，头上用头巾缠起来，嘴角还有一溜儿贴上的胡须，看起来有一种旧时代的时髦感。

他腰间有一根极粗的宽皮带，皮带两侧有两个大号的像是枪套的东西，李白拉开枪套扣子，十根灵活的木头手指一动，两把银色剪刀便打着转儿地握在他的手中。

“魔鬼理发师托尼！”

砰砰砰——几个大字呈现破洞状出现在屏幕上。

旁边有个助理模样的女生说：“这就是我店新加盟的总监托尼先生！原本是一位艺术家，喜欢修剪，研究出了一套特殊的全身修剪套餐，不知道今天谁想要第一个试试？”

众人一片肃然。

我赶紧举起手来。

“这位先生吗？”那女生朝我微微一笑：“请脱下外套，进入屋子里。”

我按照她的指导脱下外套和鞋子，穿着他们准备的拖鞋走了进去。

里面有一张奇怪的十字形床，那助理姑娘解释说：“是这样的，我们托尼先生的全身修理套餐包括最基础的头发、眉毛、睫毛、鼻毛、胡须、胸毛和腋毛，这些可以自由组合套餐，不知道先生你选择哪几种呢？”

我听得心里有些慌张：“你们托尼先生呢？”

“托尼先生正在后台准备，进行全身套餐需要消毒。”女助理彬彬有礼，“我看客人你清秀俊朗，不如选择年轻男士的魅力套餐，里面包括头发、眉毛、睫毛、胡须和腋毛的修剪，保证您修剪之后浑身舒畅、魅力大增。”

我将信将疑：“不会很夸张吧？我只是要剪短而已。”

她说：“请放心，如果对结果不满意的话，我们还有植发技术，可以给你立刻种植一部分毛发来补救。”

我心想：不如试试？毕竟李白这么盛情邀请，总得相信他不是。

接着我听到了皮鞋走在地板上的声音。

我背朝着对方动不了，我的手脚都被锁扣扣在十字床上，只能嘴里喊：“李白，是我啊，马季。”

旁边助理姑娘在我耳边低声叮嘱：“为了安全起见，工作的时候请不要和托尼先生聊天……”

我只能闭嘴。

李白的手稳了很多，大概也是勤加练习的缘故，他的手指一直很有力，只是这次更懂得了轻重得当，手指按摩的力度也适中，让人浑身舒畅。

整个流程一共用了一个小时才结束，当我起身时李白已经进去消毒准备下一个客人了。

看着镜子里我，头发终于变得像样了起来，眉毛也给修得更有线条感，我特别看了看腋下，腋毛被修剪成浅浅的月牙形。助理送了我一包软毛膏，说这两天可以涂抹一点，避免新的毛发刺皮肤。

除去价格比较贵一点，其他的我都很满意。

直到晚上八点钟，我才等到了李白下班。他换下了那身浮夸的衣服，依旧是红衬衣黑长裤，这次他很大方地请我吃烤串。

我不由赞叹："你的手法真的没得说，舒服。"

李白沉默了一会儿，咬掉一块腰子，说："不是我剪的。"

他的语气之中带着一些悲哀。

原来李白被聘用后，老板只有一个要求：配合做活动，业务安排要服从老板要求。李白猜想这是正常的用工制度，当然同意。可加入后他才发现，自己又被骗了。

"他们根本不要我剪头发，只让我摆造型，学会花式玩剪刀。"李白闷闷不乐道，"给你剪头发的根本不是我，只是一个普通理发师……"

我一时不知道该说什么好，只能安慰说："工作这种事反正就是混口饭吃。"

李白点点头："对，我还是要唱歌的，只要我适应了地球的空气和水土！"

我说，第一个吃螃蟹的人总是困难的，别灰心。

李白总算露出一个笑容，只是这笑容在木偶脸上看起来多少有些惊悚。

4

那次后再次见到李白，他已经是一个酒吧的魔术师。

我本来说要过去支持一下，李白却让我不要去。电话里他的口音已经非常接近地球人，带着一种说不出来的疲惫。

原本他过来应聘酒吧驻唱，老板很赏识他，觉得唱的不好也是一种风格，再加上是外星人可以理解，而且大家都会觉得新鲜。

可李白还没有登场就被告知，酒吧要取消驻唱歌手这个职位。因为老板发现，隔壁因脱衣舞娘赚得盆满钵满，于是他也聘用了几位钢管舞女郎来吸引流量，和对方分庭抗礼。

老板还是很够意思，对他说："李白，不要说我排外，这样，我可以增补一个现场魔术师。当你进行魔术师表演时也可以顺便唱一唱，不过不要让客人不高兴就好。"

李白干了。

他每天表演小魔术，在酒吧里穿梭，配合他木偶形态的身体，看起来倒是有几分中世纪风采，旧时代的余音总是引人的。

李白边唱边玩魔术，在酒吧里认真练歌。

没多久，酒吧就因为扫黄打非给打了，关门大吉。好在李白签证还没过期，从公安局出来再次变回无业游民，背着他的大背包流落街头。

我还是第一次看到外星人混得这么惨，心中不忍，经常下班后过去和他聊天、开导他，虽然不知道有没有用。

李白倒是十分乐观，他给我唱他自己的原创歌曲，自我感觉不错；但在我听来，跑三个调和九个调好像没什么区别。

他给我讲，在他们家乡，歌唱家都是非常被尊敬的。大家工作辛苦的时候，一个歌唱家突然站出来高歌一曲，所有人都会看过来，静静聆听，疲劳感顿时消散一空。

我好心建议："不如回国……回你老家吧？"

李白突然哭出声来："回不了，回不了。我口音已经不像那边，也不像这边了。"

更麻烦的是，李白是承载着大家的希望，以一个天才歌手的身份进入地球发展的，如果将这里的事实告诉他们，对拓艾星人的认知将会是一个毁灭性的打击，李白偏偏又是没办法撒谎的人。

我抓了抓头，大概明白了他的意思。李白至今还滞留在地球上寻找再次登台演唱的机会，一方面是因为他脾气比较倔强，另一方面也是想要证明自己和家乡歌手的水平不差。

他突然说："我有新工作了。"

新工作是在一家手机卖场里戴上毛茸茸的玩偶当吉祥物，要做的事情也不难，就是不断吸引那些路过的人，尤其是小朋友，陪他们玩，引导他们到店里去看。

这时候外星人已经正式大规模地步入地球的各大城市，光是纯粹的噱头已经不足以吸引大家，现代社会热度只有几天而已，物以稀为贵，东西多了不值钱。

卖场老板是看李白身体灵活，能够穿着玩偶服也能翻跟头这一点才雇用了他。一时间，会跳舞、翻跟头、单手倒立、跳机械舞的吉祥物也在周围区域小小火了一把。

然而好景不长，李白很快就被揍了。一群同样穿着人偶服的同行将他拖到了小巷子里，用折凳狠狠殴打了他一番，还把番茄酱泼在他身上，并且警告他：我们吉祥物业内不需要你这种妖艳贱货！再看到你跳一次就打你一次，听到没有！

李白被打过两三次后，告诉了老板，老板也没办法。那群人根本不知道是谁，都穿着人偶服，而且打得也不重。

“李白你不要放在心上。”说到这里老板还在笑，仿佛这件事很可笑。

李白认为自己没有得到尊重，就辞职了。

5

李白也在商场里当过模特。

当然是指柜台里展示衣服的模特，他能够不断更改造型，各角度展示身上的男士装束，这得益于最初他差点要走上歌手之路的时候，疯狂练习过的pose。

除去模特之外，他还兼职商场里的安全检查员，很多人不敢触碰的危险地方他可以碰。他必须看住小孩子，避免他们坠落或者受伤。但是大多数的小孩子总是想要爬到他身上去，把他当成机甲来开。

李白也不生气，轻轻哼着歌儿，肩膀上扛着孩子，带他们寻找那些马虎走神儿的父母们。

这个时候他就像是一个年轻的守护神。

没多久，他真的成了麦田守望者。有个家长介绍他进入了一家幼教机构当幼儿老师，李白变成了老师。

他很喜欢这群天真无邪的孩子，一点也不觉得累。每当有孩子不听话的时候，他就开始唱歌，孩子们就会求饶了。

我在外面偷偷路过看过一次。

他在里面对孩子们讲家乡各种同胞们的事情，讲有的同胞不干活就变成一棵树，终年无法动弹，有人来帮他们修剪枝杈时才喋喋不休地抱怨一通。

他说那里的歌手虽然唱得不好，但是总能激励工作的人。

他说还有更多的人在默默变成汽车、飞行器，满世界工作着。

他说那颗星球很远很远，远到你都看不到它的光亮；那里的人少而安静，世界变化很小很小，人成年后一辈子都会坚守自己对其他人的承诺。

有个小孩问他：“老师，你想不想回去啊？”

李白认真想了想，清了清嗓子，用他那跑调跑到“嘎吱嘎吱”响的嗓子唱：“要是能重来……”

下面的孩子们也跟着唱了起来：“我要当李白……”

声音稚嫩纯真。

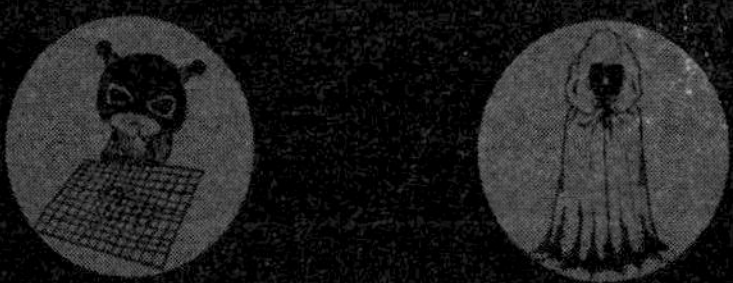

3 七年重生

掘墓星人

特　　征： 掘墓星人每个人都有一口特殊的棺材，原因在于掘墓星环境太过恶劣，沙尘暴、热辐射以及地震频发，棺材就是他们的避难所。一旦意识到危险他们就会躲进棺材里，任凭外面天崩地裂，棺材里永远平安。等到外面风平浪静，他们再从棺材里爬出来。也因此他们格外孤独，不断面临离别。

职业选择： 墓地业。

爱　　好： 享受人生，及时行乐。

1

苏老板全名苏软玉，她本人和软玉温香毫无关系，常年穿一身黑，从没见过她穿裙子的样子，那双丹凤眼看过来时给人一种难以抵挡的压迫威势，她在公司里一向风风火火，做事雷厉风行，厌恶拖延和推诿。

她最开始还很温和地对我讲："马季，这部分你还需要仔细一下，做账最末尾的标注要分成三部分……"

说了几次之后，她终于撕下"和善"的面具，开始拍打桌子，就差没用文件砸我脸了。

"马季，你眼瞎了？还是耳朵聋了！嗯？"

"马季你是饭桶吗？你智力有问题吗？"

"马季你知道吗？前面是悬崖，有人告诉你不能走，你偏要一路跑过去，还抱着别人一起摔下去，连蜥蜴都知道遇险断尾，你只知道抱大腿抓稻草。我以前还怀疑你是别的公司派过来的奸细，我错了，你是纯智商缺陷。"

作为员工我当然只能低头听着，不过说实话也不完全怪老板，外星人来后我的记忆力也受到了一些影响，有时候脑子跟不上说话的速度。作为一个大病初愈的人，不能被要求太多。

苏老板生气时就在她的私人卫生间抽烟，一根又一根，有一次抽得卫生间冒烟触动了报警器，我不顾自身安危冲进去劝她："老板，少抽烟，对皮肤不好。"

结果被苏老板骂"多管闲事，不务正业"。

她这人想得多，做得多，就是不够洒脱，上班常常比我到得还早，忙忙碌碌，认真又倔强。职员们背后八卦说苏老板是没有性生活的，别说性生活，就没有看到男人在她身边围绕过，大家都认为是她太强势的缘故。

听我妈说她以前不是这样的，苏老板还是苏姑娘时是一个“温柔体贴”的女人，直到新婚不久便成了寡妇后，就变了样。

有天前台的贾晓玲一脸惊恐地告诉我们：“不好了，苏老板居然谈恋爱了！”

我们都震惊了，实在想象不出什么样的男人能稳得住苏软玉。好在贾晓玲机灵，早早就拍了照片。

照片上是个瘦长的男人，他穿了件艳丽的大印花衬衣，绷着一条铅笔裤，脚下一双尖头皮鞋，手撑着墙扭腰看向面前的苏老板。他身段妖娆，腰部灵活，我觉得这位老兄比苏老板更具女性仪态些。

苏老板站在他面前，即使身高被男方压制可依旧气势不减，还是那副双手抱在胸前的冷淡样子，对待他就像是对待我们这些员工一般，我不禁替追求者感到难过。

妖娆兄很快就变成了我们公司的常客。他送给了苏老板很多礼物，花、小蛋糕、冰激凌、自制便当、毛茸茸的玩偶、高跟鞋……正常女人会有兴趣的他大多都送过。

苏老板毫无兴趣。

花被她插在阳台上那盆芦荟之间的土里，没人敢告诉她插花不是这样的；小蛋糕被她放在茶水间成了我们的加餐；冰激凌也被她放进小冰箱变成了午茶搭配；毛茸茸的玩具丢给了贾晓玲；便当放馊了也不碰；

高跟鞋则是直接送回。

贾晓玲不由感叹：“如果有男人每天送我这些东西，我至少不像苏总那么绝情。”

我问她：“那你会和他出去吃饭？”

她说：“看情况，吃的好就去。”

不久后我无意中目击了苏老板和“妖娆男”的相遇。

那天我正要去看望我一个当幼教老师的朋友李白，路过一条商业长廊时瞅到一个熟悉的身影，那副环抱双臂、微微扬起下巴的专属姿态不是苏老板又是哪位？不知道为啥，随便哪个人站在她面前，不论高矮胖瘦，都像是在给她做汇报一样……

“妖娆哥”依旧单手扶墙，似乎这也是他最爱的姿势：“今天去吃泰国菜，怎么说？”

他带着一股子外国口音，我这才发现，小哥眼睛是宝石绿的，倒是有些像猫眼，很有可能是混血儿。

“我不和吃甜食的男人约会。”霸道总裁苏软玉冷冷道。从他身旁走过进入电梯。

“妖娆哥”有些受到打击，慢慢蹲下来，双手放在膝盖上，十分失落。

2

我走到他旁边也蹲下来：“朋友，不要放弃，苏老板就是这样子的。”

“什么样？”他看过来，眼神迷茫。

我有些意外：“你哭了吗……”

“没哭。”他强自否定，眼泪却在眼眶里打转，最后抽出口袋里一条蓝底印花丝绸手帕使劲擦了擦面部。

“我叫马季，是苏老板的员工，你每天送的东西我们都看在眼里，很为你可惜呀……”我婉转地表达着让他尝试寻找其他目标的想法。

倒不是说苏老板人有问题，她人不错，就是不适合恋爱，可能人生遭受过大变的人都会变成这个样子。

“马季兄，我叫麦机智。”他站起来自我介绍。

麦机智居然也并非地球人，想想也是，地球人会喜欢上苏老板这一号女人的简直是稀有物种，有的话也和外星人差不多了。

麦机智来自一个翻译名为“掘墓星”的古怪星球，他们掘墓星人每个人都有一具耗费大量时间和珍贵材料打造的特殊棺材，这是他们每一个人最重要的避风港。

由于掘墓星的环境太过于恶劣，沙尘暴和热辐射以及地震频发，所以他们的棺材就是他们的避难所。当他们意识到危险时就会躲进棺材里，任凭外面天崩地裂，棺材里永远平安。等到外面风平浪静，他们再从棺材里爬出来。

说到这里，麦机智说：“当然，也有一些爬不出来的。所以我们家乡的人一直在变少，倒不是说都死了，只是有些被地震风暴什么的卷入一些不知道的地方，或者埋在很深的地下。他们没有死，只是陷入长久的休眠，直到哪一年被人找到挖出来。”

掘墓星人种群就是一个不断分散、互相忘记的奇特民族，为了避免灾难，大多数掘墓星人都移民到其他星球，以保能过上稳定平安的生活。

麦机智前不久才被一个同伴从某个峡谷深处挖出来，他也不知道自己睡了多久，醒来后听到大家都要去那颗蓝色新星，于是他也跟着过来了。

眼下麦机智已经是本市某外企的法人代表。

“欢迎到我公司洽谈业务，我可以给你打八折，两套起，可以打七五折。”

他将一张精美的铜芯名片递给我，这东西现在和贵宾卡差不多，价值不菲。

我接过一看：东篱生态墓园——有始有终，来去轻松。

麦机智顺口道：“现在有一套一，一套二，一套三，还有联排别墅，独立式岛上花园等多种户型，反正每个人都要用的，你也可以考虑提前买一套防老。根据最新统计，今年墓地涨幅是28%，远高于房子的8%，哪怕用于投资也是很好的。”

我惊了：“这个怎么投资？”

“可以作为二套墓转让啊，”麦机智耐心解释，“按照现在政府要求，本地居民只能拥有两套墓地，而且二套银行贷款几乎已经卡死，没法获得放贷，但我们公司由于是外资全控股，能够通过银河公众事业银行得到贷款扶植，因此能够以9折拿到65%以上的贷款，也就是说你只需要交35%的首付就能买二套墓地了。”

他得知我连一套墓都没有，更是讶异：“马季兄，这个时代，墓地是稀有资源。一个人只能死一次，谁都不想自己死得很难看吧？”

话是没错，可总是听起来怪怪的。

由于他们的家乡掘墓星对于“棺材”十分看重，所以麦机智他们这些过来谋求发展的外乡人很快便抓住了商机，获得了墓地运营许可证和预售许可证，轰轰烈烈地开展了铺建墓地的生意。

至于为什么其他人无法复制他们的成功，大概是因为习俗。

掘墓星人直接住在棺材里，就在他们出售的墓地里住，所以他们既是出售者，也相当于是业主，肩负着一部分物业管理人员的职责，当然更加让人放心。

地球人很少能做到一直住在墓地，并像照顾自己家一样看管好这里。

我和他谈了一阵子的墓地事业，突然意识到我们讨论的问题好像偏离了正道：“麦先生，你和我们苏总是怎么认识的？”

他的眼睛亮了起来，整个人也与前面谈论事业时的滔滔不绝不同，脸上洋溢着春心荡漾的神采：“我是在墓地遇到她的。”

那天麦机智正在检查墓地的绿化和水电供应，突然接到服务部的电话说有个业务员被投诉了，客户说她虚假广告，服务态度有严重问题。

麦机智匆匆赶去道歉。

发难的顾客叫作苏软玉，看起来精神干练，言行之间散发出女性不多见的飒飒英气。

“你就是老板吧，你的员工就是这么办事的吗？”苏软玉也不废话，调整目标：“她告诉我，你们墓地有一套一、一套二、一套三和岛上小筑，我过来之后，却又说只有一套三，让我只能买这一种，你们这是欺骗客户懂吗？我需要一个合理的解释，否则我将起诉你们公司。”

麦机智听得一头雾水，套一、套二、套三都是有的，为什么……他先请苏软玉到办公室稍等，找人一问这才明白怎么回事。原来由于套一、套二、套三的价格不等，不少新员工都在偷偷地大力推销套三和岛上小筑项目，谎称套一、套二已经卖光或说下一期才开盘。其目的就是搪塞欺瞒客户，以达到佣金的最大化。

麦机智向苏软玉进行了诚挚的道歉，承诺她一定能让她在东篱生态墓园买到想要的套二墓地，并作为赔偿给她打七五折。

没想到苏软玉直接说：“不要了，我不会在你们这里购买墓地。”

麦机智的脾气也上来了：“你为什么不买嘛，我都给你打七五折了，比市面上的所有公墓价格都要低，而且这是东篱生态墓园，纯绿色生态，连墓地的鸟都是吃虫子的而不是吃饲料。”

苏软玉看了他一眼：“对不起，因为看你不顺眼。别误会，我认可你的做事态度和风格，只是看你一副有钱了不起的样子不爽而已。”

麦机智一下子就迷上了眼前恶女，觉得她有性格。

自此以后，他开始天天送东西给苏软玉，并同时四处打探关于苏软玉的事情。

他得到了一些大概消息，晓得她新婚丧夫，之后就专心于事业上，对于个人感情看得很淡薄。她去世丈夫的骨灰原本安置在公墓里，但是公墓的需求量太大了，不断有人加入，导致她丈夫的墓从原本的复合式小公寓变成了后来的层叠筒子楼，看起来就像是养鸡场一样，连拜祭都得排队摇号，特别是清明节，来得迟了你就只能在外面点香，连进去的位置都没有。毕竟死人数目总是增加得很稳定，每年都有不少骨灰被送进来。

故而苏软玉准备换一套大的墓地给去世的前夫，没想到却遭遇了使用小伎俩的销售员，这让她十分愤怒。

麦机智看向我："马季，你能不能帮我一个忙？"

3

我这个人最见不得别人求我，所以我当然答应了。况且他想让我帮的恰好也是我自己想知道的事情，也就是——

苏软玉这个人还正常吗？

恕我直言，到目前为止我只知道她喜欢疯狂地工作，喜欢用各种高要求来折磨自己，连带着也折磨如我一样的员工，并且以此为乐。

我们祖上多少算是沾亲带故，我旁敲侧击地问了下老妈，得到了些消息。

苏老板今年三十二岁，她先生是七年前去世的，当时他们新婚燕尔，正准备外出旅行，结果发生车祸导致她先生当场身亡。一年后，苏软玉仿佛变了一个人，丢下了年轻女孩的娇懒与安逸，变得雷厉风行起来，磕磕绊绊地走上创业之路，慢慢经营出了现在的公司。

三姑六婆们热情地给苏软玉介绍合适的男性，可她本人却表现得毫无兴趣，大家都很担心她。整整七年过去了，再怎么说也不能一直封闭自己。

说到这里，电话那头稍作停顿，老妈以试探性的语气问：“你们难道……”

我给吓了一跳，忙说：“没有的事，只是有个朋友想要认识苏老板。”

“其实……担心的倒不是她不找男朋友这件事。”老妈神神秘秘地说道，“听她妈妈说，软玉现在常常一个人对着她亡夫的遗像自言自语，晚上还做过奇特的法事。”

“法事？”

“就是些古古怪怪的仪式，把遗像放在很多蜡烛中，用鸟羽毛和骨头等围成一圈，嘴里说着听不懂的话……”

我很意外。

苏老板竟然还有这么疯狂的一面，难道说她相信有某种方法能够复活她亡夫？不过外星人都已经融入我们生活的时代，好像亡者归来也算不得什么不得了的事情。

我脑子里有了一个馊主意。

麦机智听了我漫长的陈述后，露出难以理解的表情：“有用吗？”

我说：“不做就百分之百没用。”

恰好盂兰盆节很快就到了，这一天我注意到苏老板走得出奇的早，下午五点就匆匆地出了公司大门，提着包往电梯方向走去。

我到公墓时，麦机智说苏老板正在亡夫处祭拜。

我看见一身黑的苏老板默默地站在刻有她亡夫名字的那一格子墓地处，她双手交叉放在腿前，神色呆滞。旁边不断有人从她身边挤过，她一人在人群中显得格外孤单。空气里弥漫着一股汗臭和香水混合的恶劣味道，连我都有些忍受不了，可苏老板依旧站在那里，呆若木偶。

半个小时的沉默后，苏老板终于上了香，转身走出了拥挤的公墓。

我对麦机智说："快上，到你表演的时候了。"

麦机智小跑着跟了过去，用低沉的声音说："好巧。"

苏老板瞥了他一眼，"你跟踪我？"

麦机智忙摆手道："我来看望一个朋友。"

他径直走过苏老板身旁，在苏老板亡夫旁边不远的地方停下，从手提包里翻出几支香点燃，插在面前的香炉里，嘴里念着"南无阿弥陀佛"。

苏老板眉毛一挑，"你和这个人是什么关系？"

麦机智说："这是我来地球的第一个向导，我很怀念他。"

"那你今天为什么要这么穿？"

与往日骚气外露的打扮截然不同，麦先生今天一身得体的黑西装加白衬衣，脚上的皮鞋也不再镶钻，而是换成了最成熟稳重的古典款式，就连原来常穿的三色花袜子也换成了朴实无华的经典黑短袜。

他的头发也从黄色染回黑色，剪成了怀旧风格的undercut，浑身少了原来的那股子轻佻浮夸，多了一些稳重和可靠的气质。

这都是出自我的良策，经过我的调查发现，曾经苏老板的亡夫就是这种形象示人，多少能够为麦先生增加一些感情分。

"入乡随俗嘛。"麦机智差点习惯性单手拍墙扭腰，被我在耳机里大吼一声给弄得一个激灵，立刻双手放下。

苏老板上下打量了一番："我得提醒你两件事。一是你拜祭的那个地方，那个男人是个聋哑人；二是你手腕上的小黄鸭文身和你这身完全不搭。”

说罢她微微点头，快步离去。

我奔过去一看，麦机智尴尬地摸了摸手背上的文身，那里的确是一只小黄鸭。

“不觉得很可爱吗？”他反问我说。

我一阵头疼。

4

原本计划利用苏软玉的亡夫在麦机智身上“秽土重生”的戏码，来一次偶遇，可是馊主意包装得再好也是馊主意，没捷径可走。

让我意外的是，没多久苏老板居然主动约了麦机智。

他打电话过来时兴奋得语无伦次：“是不是有机会了我？有效的，你之前的办法，我每天还是在严格按照她亡夫的穿着打扮和走路姿态训练。”

我也不好打击他，顺着他说：“是啊是啊，不错不错。”

“她找我买墓地，我该怎么说？”半个小时后，我接到麦机智的求救电话。

正在吃牛肉面的我差点被油辣子给呛到，忙喝了一大口水：“咳咳咳，生意就谈生意啊。”

“你给我分析分析，她说要买套三的墓地，应该还是想要给她那个去世的前夫购买吧？难不成是给未来老公买的？”麦机智有些不解。

我想了想，套间在墓地行业是一个概念，并不像住房那么大，但是拥有固定的一个隔间用以悼念，一般来说悼念间由四户到六户墓主共用，倒是和一层楼的公用走廊差不多。一套二指的就是拥有一个独立区域，盛放俩人的骨灰盒。

但我还是搞不懂，套二就可以了，哪怕苏老板一辈子单身，最后和亡夫一起也就两居室，为啥她要买一个三居室？

“是她直接要求的吗？”

“是啊，她一来就直说了这个事情。”麦机智显然有些不开心，他当然不想这一次的“约会”变成洽谈业务。

后来很久都没有收到麦机智的消息，我不得不主动打过去问是什么情况。

他有些意兴阑珊：“她说，那个多余的格子是给她亡夫生前养死的一条小狗准备的。既然要买，就要一家人整整齐齐……她直接全款支付的，明天我们就要去给她迁移墓地了。”

我打了个激灵，不好，要出事！

以苏老板傲气激进的作风，这相当于在交代身后事，而且这种做法也相当于在对一直看不顺眼的麦机智变相低头，事出反常必有妖。加之她最近居然都没有骂我了，对公司的事似乎也不怎么上心……

“你快去找她，她很可能要自杀！”

那头麦机智“啊”了一声之后立刻挂断了电话。我焦急地给苏老板打电话，却已经关机。我到处找人问苏老板去了哪里，可是没人知道。

这是一个混乱的夜晚。

半个多小时后，我收到了警察的电话。对方口气严肃地让我去录口供，我胆战心惊地问：“出了什么事？”

“原籍贯掘墓星，中文名麦机智，这个人，你认识吧？”警官言简意赅，“他超速、酒驾、驾驶非法交通工具、毁坏公共设施……”

我一头雾水，这到底是什么情况？

我忙赶过去录了口供，把之前我在电话里和麦机智说的每个字都老老实实地交代了。警察听完，以一种不爽的眼神看着我，训斥教育我一顿就让我走了。

警察局外，我看到了正在抽烟的苏老板，她穿着一身黑色大衣，看过来的眼神冰冷刺骨。

“去那里说。”她指了指前方咖啡厅。

咖啡上桌。

“我就知道，是你这个狗头军师在乱出主意。”

苏老板看起来还有几分疲惫，不知道她和麦机智之间具体发生了什么事。

“我是担心来着……”我低声申辩，“老板你最近情绪不对，都没怎么骂我了，很不正常。”

她眼神古怪地看着我说：“你真是奇葩。”

随着苏老板的讲述，今晚发生在半个小时内的惊魂故事慢慢展现在我的眼前。

挂了我的电话后麦机智开始疯狂地到处找人。掘墓星人的棺材既是他们的避难所也是他们的交通工具，情急之下他驾驶棺材用喇叭在大街小巷上高喊：

苏软玉，你别想不开！苏软玉！苏软玉！你出来啊你！

大晚上的，一辆黑漆漆的棺材灵车突然在街道上横冲直闯，伴随着喇叭的噪声，惊吓到了无数行人，其中有人报了警。

由于麦机智之前喝了点失恋酒，被警察拦截下来时便以酒驾罪被逮捕；而他的棺材车刮坏了路边花坛的边沿，又撞坏了一张金属长椅，所以被处以破坏公共设施罪。再加上棺材并不在道路交通法上许可上路的车辆之内，三罪并罚……

倒是苏老板，老远就听到麦机智神经质一样地喊自己的名字，被吓了一跳，生怕这个老外做出什么疯狂出格的举动，忙赶了过去。可赶到时却看到麦机智被警察铐住，他正在拼命地解释，并让警察们去救一个要自杀的女人。

看到苏老板，麦机智松了口气，笑说："没事就好，没事就好。"

被塞进警车时他还在说："苏软玉你不要想不开，活着多好啊，有什么不开心你找我说啊……"直到被一个听不下去的警察强行戴上口罩，他才闭嘴。

我听完松了口气，转而道："老板，你是不是有点感动？"

"有点。"苏老板跷着腿："但是我不和吃甜食的男人约会，更不会和神经病约会。马季，你身为我的员工，成天心思不在工作上，到处八卦，还给人当媒婆，吃里扒外。我真想给你这张嘴缝起来。"

我打了个哈哈，顾左右而言他："老板，大家都没事，这是最好的结果了。"

在我内心是有些遗憾的，看样子麦先生是真的没戏了。

"老板，麦机智一片真心。你看他怎么说也算是房地产俊杰，又是一表人才，和你这位商业奇女子也挺……"

“关你屁事。”

她神色冰冷，我不敢说话了。

5

“大概就是这样。”

我一五一十地告诉了麦先生苏老板前后的反应。

总结来说：有点感动，但也是进一步地拒绝。

被拘留了半个月的麦机智叹了口气：“不怪你，这事情我太一厢情愿了。”

他大概也是想通了，做回了骚气十足的自己。一身粉红衣裤，手提一个纯白色提包，头戴一顶白色巴拿马帽，看起来神色轻松了许多。

“那天她到底去干了什么？”他问我。

我犹豫了一下，不知道该说真话还是假话。

麦机智摆摆手，示意我不用担心，反正他现在已经足够坚强了。

我小心翼翼地吐出了那两个字。

“什么！”麦机智再无之前惬意，双眼圆睁：“她去相亲？怎么可能？她连我都看不上，怎么可能还看得上其他男人？”

我喝了口水，让他不要激动，听我解释。

我听到这个词的时候和麦先生是一样的震惊，无敌女金刚一样的苏老板，连激素都似乎被提前切除的苏软玉，怎么会想到去相亲呢？

“当然是因为家里人催的。”

当时坐在咖啡厅里的苏老板是这么回答的，仿佛理所当然一样，“你以为我没有压力？还是说，我是冷血动物？”

“那为什么不考虑一下我？”麦机智气愤地质问。

他和我说出的话几乎一模一样。

对此苏老板的回复是：“我不喜欢年纪太小的男人，小男人大多像你这样不懂事，或是像麦机智那样到处招摇潇洒。”

“她对我有偏见。”麦先生抗议道。

这倒不是，我有些理解苏老板。

苏软玉以前不是这样的。她也曾是个小女生，依赖着她成熟稳重的老公，只需要享受生活就好。然而，一夕之间，天翻地覆。

当时他们夫妻两人正准备去度假，苏软玉忽然想要吃一个甜筒，她的丈夫对她来说就是阿拉丁神灯，不管她说什么，都会答应她，并且立马去做。

他笑呵呵地说：“等着我。”然后推开门，跑过结冰的路面，走到对面一家冰饮店拿了两个甜筒，一个香草，一个草莓，和以往一样，苏软玉选剩的那个他自己吃。

他高高兴兴地跑回来，路上却有一辆车打滑，将他碾到了车下。

隔着玻璃窗，苏软玉愣在了那里，她看到车主慌里慌张地从车子上下来，大呼小叫地询问车下人的情况。她眼里只剩下路面上的鲜血，以及白色的如同脑浆一样掉落在地上的冰激凌。

苏软玉从此以后拒绝一切甜食。她从棉花糖变成了钢铁，她心如坚石，她不再求人，她变成了一个独立又骄傲，让人羡慕却又孤独的女人。

但我知道，她心里还是放不下，否则她就不会偷偷地对着遗像聊天，甚至还为了从地狱中找回她消失的爱人去做一些幼稚的法事。只是她将这部分藏了起来，不再给其他人看见。

相亲更像是苏软玉对家里人的交代。

麦机智摸着下巴想了很久，最后打了个响指，"这回按照我的方法来，马季你配合我。"

6

我一直惴惴不安。

按照地球算法，麦机智现在至少已经五百岁了。他这个老古董用老掉牙的方式去追苏老板，我实在乐观不起来。

公司里的人渐渐都知道苏老板出去相亲一事，她本人也大方承认了。对此前台八卦妹贾晓玲说："苏老板这是自暴自弃要找一个接盘侠了。"

高尚不乐意了，接盘侠是这么用的吗？明明是去形婚。先做好财产登记，随便找个顺眼的男人，最好是同性恋或者有性取向障碍症的男人，免得家里成天催来催去。

说到这里高尚看向我："马季，你要提醒苏老板，好多男人都是骗炮的，不是都像我们公司里这么坦荡又有责任感的。"

我觉得有点不对劲，但又不能说他说的不对。

最寡言的老戴也从屏幕环绕的办公室里出来，他戴着头盔说："此事必有蹊跷，必有蹊跷。”

他最近拿着几本古代白话小说在读，口音再次被拉远。

贾晓玲突然问我：“马季，之前那个麦老板呢？他放弃了吗？你介绍给我啊。”

我说：“你应该不是麦先生喜欢的类型。”

贾晓玲不满道：“你不知道人都是可以改变的吗？”

高尚打岔说：“马季，你千万要阻止苏老板去找相亲男。想想，到时候我们公司的老板郎万一是一个不学无术的混子，成天过来指点江山怎么办，这和我们所有人的命运是息息相关的！”

我越想越觉得高尚的话在理，不能等了，要让麦先生行动起来。

当天下午，我偷偷地跟着苏老板身后，看到她走进了一家餐厅，里面有一个油光满面的中年男人和她握手。

俩人谈了一会儿，我看到油腻男把手放在了苏老板的手背上，苏老板躲开，他又磁铁一般黏了上来。苏老板神色厌恶，却忍着迟迟没有发作，一直在说着什么。

看到这里我不由感叹：强势如苏老板也有不得不压抑自己的时候，突然有些替她难受。

“人呢？”

麦机智开车抵达时，看到里面那一幕，勃然大怒：“才相亲就上手摸来摸去，真要约会那还得了！”

说罢他直接冲了进去，一把把那个油腻男摁在桌子上甩着肩包砸，苏老板急忙拉开他，给了他一巴掌。油腻男气愤地说了几句什么，躲在一边的我听到麦机智说：“我是外星地产商，我要告你影响星际贸易，你竟然敢性骚扰我女朋友！”

这时候外星人特殊身份的作用就显露出来了，对方气势弱了不少，立马灰溜溜地离开。毕竟地球法律对外星人的约束有限，在很多人的心目中，大多数外星人要么具有不可思议的能力，要么就是有钱有势……地球人和其他外星人相比，步伐是最慢的。

“和你没关系。”苏老板一脸冷漠。

说着她就走向了卫生间，麦机智在卫生间的门口拦住了她：“为什么和我没关系？”

我拦住服务员说这是家事，不用担心。

“我看你被欺负，我难过，”麦机智咬牙切齿道，“我不比那个油头好吗？你到底是看我哪里不顺眼，我改啊！”

“从上到下我都看你不顺眼。”苏老板双手环抱在胸，“你头发太长，衣服颜色太妖，太瘦，没有安全感，还有一个……你太老。”

这倒是没错，苏老板虽然三十几岁，麦机智年纪却是几百岁了。如果你嫌弃对方，不管对方怎样你都会看不顺眼。

麦机智怒道：“都是借口！”

“是借口。”苏老板直接承认，“我对你就是没兴趣。”

麦机智这下子有点没辙了，不管他做什么，苏软玉都无动于衷。

“我知道了！”他突然眼睛一亮，看到我在旁边疯狂地做手势，似乎得到了某种启示，“你是怕自己真的动了感情，会再难过一次。”

我恨不得用手里的毛巾塞进他嘴里。我明明表达的意思是“给双方个台阶下”，却被他理解成完全不同的东西。

“你不用担心，我们掘墓星人活得很久的，我一定会死得比你晚。”麦机智大大咧咧地说，“所以难过的那个人一定是我，你可以舒舒服服地先死，墓地我会天天给你打扫干净，保证舒适且朝阳。”

“我不知道你们地球人到底怎么看待生死的，在我们家乡，最难过的不是生离死别，是互相再也找不到了。有的人被风刮走，有的人被埋在地下，断了联系。每次醒来都是孤身一人，身旁的老朋友们都不见了，也不知道去哪里找他们。掘墓星就是这样一个地方，不断地离别，不断地相遇。”

他认真地说：“我对分别这种事最熟悉不过，所以我想要珍惜看到的每一个人。我不知道该怎么讲，当我看到你的时候，我就想：要是能够每天看着这个女人，直到她躺进我的棺材里该多好。”

明明听起来有些古怪胡扯的话，却让苏老板有些动容。她低着头似乎在整理自己的情绪，她波澜不惊的眼神里有些动摇。

“我保命能力很强，肯定会在你之后死的，请你选择我的棺材吧。”

他伸出手，低下头。

苏老板摇摇头，从他身边轻巧走过。

故事到此差不多应该结束了。

虽然我无比希望苏老板能够和墓地业才俊麦先生喜结连理，可是很多事情都不能重来。

苏老板不断利用法阵召唤亡夫，最后却引来了从棺材中坐起来的麦机智。

温柔可人的苏软玉变成了金刚不坏的女强人苏老板。

曾经的稳重男伴换成了一个感性又容易上头的风骚男。

麦先生仍然没有放弃，他坚信苏老板那个三居室墓地剩余的一个位置肯定是为另一个男人留下的，他正在努力挤进去。

苏老板依旧在相亲。当然，不会有结果。

就和世界上大多事情一样。

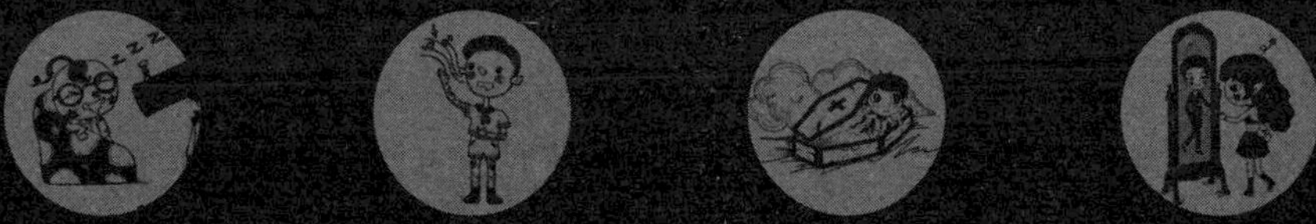

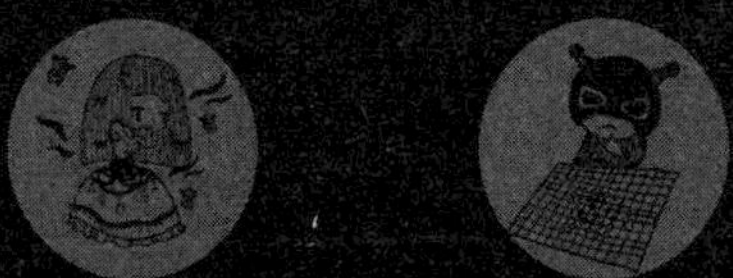

4.1 带睡袋上班的姑娘

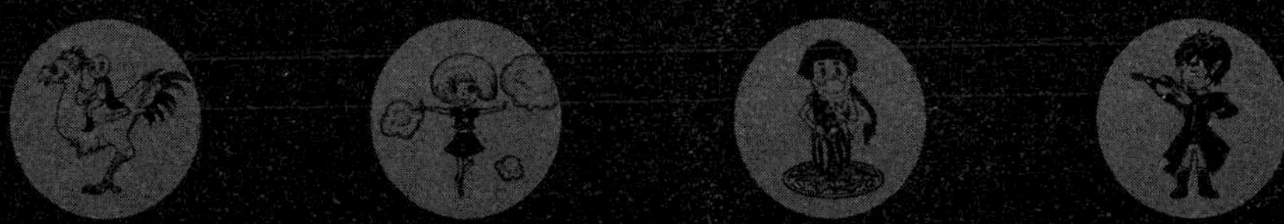

盆栽星人

特　　征：盆栽星人本体是一株植物，入睡时会恢复成本体。该星人男帅女靓，颜值傲人，对物质要求低，只需要一个盆子、一缕阳光就能活下去，但对感情特别敏感、纯粹。

职业选择：模特、美容业。

爱　　好：照顾、关心他人。

1

“你为什么选择我们公司？”

“因为……这里阳光好。”

我打量着眼前这个有些紧张的姑娘，结合她的面部表情和简历尝试着评估出一个大概的数据。这年头HR都得有双火眼金睛，虽然我才任职两年，但多少也能看出些门道。

看简历，她是应届毕业生，籍贯一栏写着“盆栽星”，民族写的是“龙舌兰”，中文名字叫作孙倪。

盆栽星的男女天生俊秀，最适合前台和行政岗。不过我还得确定她有没有某些特殊恶习，比如说之前有一个盆栽星人叫贾晓玲的，总是把双脚泡在水里，一说她就哭。后来才知道，贾晓玲是吊兰一族的，需要潮湿的环境，否则就会萎靡不振，憔悴下去。但就算再可爱也不能一个做前台的总被人看到在泡脚呀？只能辞退她，赔了一笔遣散费不说，还被老板大骂一顿。

我心想她的回答倒是老实，这点比贾晓玲好不少，便接着问：“你学的是植物保护专业，很好的朝阳行业……为什么会想到做我们公司的行政岗？”

植物保护专业是盆栽星人非常热衷的一个专业，对他们来说，这个行业的人就像是人类中的美容从业人员一样，为客户进行身体护理，补充水分和保护皮肤什么的。按理说，她不该到我们这样一个小贸易公司来当前台。

孙倪犹豫了一下说：“大学时我才发现，自己不能见血……看到血我就浑身发抖，根本没法做护理。过不了这一关，做不了。”

她嘴里的晕血应该指的是植物汁液。

我点点头表示理解，接着说：“孙小姐，我司早八晚七，由于是新公司正处于一个高速运行的状态，所以大家都比较忙。下面是我们公司统一的行政岗位工资单，看看有没有异议？”

她仔细看了两遍，说没问题。

给她办理了入职手续，签了各种单子后，我突然想到一个重要的问题。

“对了，差点忘记问你需要怎样的‘睡袋’？虽然给予经费让你自己去买是最适合的，可是公司有规定一切办公用品都得统一上报购买。”我有些歉意地说。

“我有的！”

孙倪从随身拉杆箱包里取出一个欧式风格的橘色条纹陶土盆，有二十几厘米高，顶部是宽口，底部是窄口，就像一个大号果汁杯。

盆栽星的每个人都至少会有一个“睡袋”，或者说是便携式住房。他们和地球人不同，带着这样的睡袋哪里都能去，只要有水分和阳光，就能满足生活的基本需要。这也是盆栽星人在人力市场非常抢手的原因——他们自带房子上班。不像地球人，租房费劲，住所不稳定就容易辞职。

见我一直盯着睡袋看，孙倪有些脸红地把盆子收起来。我也意识到不妥，这相当于盯着人家姑娘的闺房看个不停。虽然外星人进入地球已经几年了，我有时候还是会忘记切换思维，一些对方特有的风俗是需要理解的。

我也觉得奇怪，背着一个盆到处走来走去不会觉得麻烦吗？而且带着“睡袋”上班要怎么用？总不能堂而皇之地在公司钻进盆栽里睡觉吧。

上一个前台贾晓玲的情况是：她的盆子里装着满满的零食，没事就抓出来往嘴里塞，而且午休时间她会变成本体吊兰躺在装满水的盆子里，在阳台上享受阳光浴和私人泳池。

不知道孙倪会怎么用。

我很好奇。

2

孙倪正式在公司上班，工作方面没得说，认真负责，永远精神奕奕——可能是旁边窗户就能让阳光投进来的原因。

盆栽星人有一个种族特点，或者说种族天赋：说话都是软软糯糯的，男的温柔，女的带嗲。这是一种自然的特有腔调，别人学不来。

“马老师，马老师。”

孙倪朝我挥手，在人群中努力摁住电梯不让它关上。

我一溜小跑钻进电梯，说着“让一让，让一让”，在混杂着各种体味的狭小空间中找到立足之地。

我司在四十三楼，过了二十楼电梯里面就空了不少。

她低声在我耳边说：“马老师，你头发翘起来了。”

说着她很自然地抹了手霜帮我把脑后的翘毛压平。

我问她适应了公司没有。她说大家都对她很好，她很开心。

废话，我司全是一群男人，凶恶的女老板都能被宠成我司女神，现在多了一个正儿八经的高颜值萌妹，大家自然各种照顾，表达直男的欣赏之心。

这些天我用心偷窥，终于看到孙倪是怎么用“睡袋”的。

孙倪的盆子里满满地装了像是颗粒状的沙子一样的东西，上面用密封盖捂得严实，锁了门。中午和下午太阳好的时候她会打开盖子，里面飘出一股像是现磨咖啡豆的香味，和她盆栽星人身上清新的味道相得益彰。盆子放在窗台边晒太阳，孙倪的心情就会变得很好，哼着歌儿整理文件。

除去阳光外她还会加水，用一种有刻度的小量杯严格控制水量，还用温度计测试温度，差不多22摄氏度的样子才会将水倒入。

我琢磨了一下，晒太阳类似于我们晒被子，倒水就是洗被子？

今天在电梯里我终于忍不住提出了自己的疑惑。

“不是这样的。”孙倪摆摆手，“晒太阳是因为盆子表面一层是太阳能板，算是充电，需要时可以打开开关做做日光浴。倒水是里面的特殊有机颗粒容易结板，需要温度适宜的水分，不然晚上睡着咯人。”

原来如此，我发现自己还是有些小看盆栽星人的睡袋，我在内心提醒自己：这不是盆栽不是盆栽不是盆栽，是睡袋是睡袋……这是私人小洋房。

回到公司我忙活了一上午工资单，虽然我司只有十几个人，不过各种零零碎碎的东西加起来还是很费时的，而且做好之后还得让老板检查签单，她觉得不满意或者有问题就又得重做。

“马季，快帮个忙。”下午午睡时高尚突然找到我。

高尚是我大学同学，毕业后我们一起来到了这家公司，已经干了两年。我做的是后勤人力岗，他搞的是创收项目市场岗，我们关系还算不错。只是高尚这人想法非常多，比较容易惹麻烦。

“我觉得孙倪不错。”他开门见山，“有没有办法给我们创造点机会什么的？”

我反问他：“我一个做表的人力怎么给你造机会？让她每天下班后去你车里培训？”

“可以啊。”

“做梦吧你。”

想来想去我都没辙。首先，基本的职业素养我还是有的，绝不会利用职位谋求私利，也不会刻意针对某些人，况且我也没这能力。

没想到几天后高尚和我说他成功了。

每天下班变成了他送孙倪回家，也不知道灌了什么迷魂汤给孙倪。可他也没得意两天，就又变得愁眉苦脸起来。

“马季，这回你真得帮我！”高尚一脸莫名的悲愤，“隔壁的技术男居然成了我的情敌！”

IT男横刀夺爱？

我还是第一次听说这种故事，赶紧让他讲清楚。

3

四十三楼共有五家公司，除去我司之外还有一个做手游的小公司，里面有个技术员叫吴了。光这名字听起来就能让人想象到他的样子。事实上也没差，我和隔壁人力聊了聊就大概掌握了吴了的个人资料——毕竟我们人力之间谁都不知道以后会不会是合作伙伴，给点不违反原则的方便也算卖个人情。

吴了，二十九岁，标准工科男背景，穿着技术员配备的格子衬衫，爱背双肩包。头发剃得短短的，走路身体笔直，看起来就是老好人那一类型。只要没人主动询问，吴了在公司可以一周都不发一语，一切工作通过邮件沟通。

为什么孙倪会和工科男吴了看对眼？据我所知盆栽星人都是乖宝宝的类型，不抽烟不喝酒，不仅美还很健康。她们的特殊体质得有充足的休息、养分，以及太阳光照射。盆栽星人大多数都爱好徒步旅行。

问题就在这里了。一个乖宝宝，一个不说话，怎么点燃激情？

我注意到吴了每天都在楼下等待孙倪，俩人就像是生活了一辈子的老夫老妻一样，默契得不可思议，偶尔说两句对方马上就能够接上下一句。这种要么是真爱，要么是千里姻缘一线牵，乱破坏是要遭报应的。

正当我准备让高尚放弃的时候又有了意外收获。

每天送孙倪上班的是另一个男人。那是一个头发卷曲的男子，冷酷如同终结者阿诺施瓦辛格，送完就走，绝不停留片刻。

这还不算，我还看到孙倪午休的时候旁边莫名其妙地多了一小盆仙人掌。四处偷偷问了下，大家都说不知道，应该是孙倪自带的。

搞人力的也就是老板的眼线，我很快将此事汇报给了老板。

老板大怒："那还了得，马季你给我把这事搞清楚！搞不清楚的话就给我滚蛋！"

我问："老板，是搞清楚仙人掌，还是搞清楚孙倪的情况？"

老板冷漠地看着我。

我懂了，老板是既要知道仙人掌之谜，也要晓得孙倪的个人交往史——当然绝不是她要求，而是我自告奋勇主动八卦的。作为狗腿就得揣摩好老大的心思，这点我自认为做得还可以。

果然如我猜测一般，仙人掌的确是孙倪携带来的，她那个超大箱包的容量足够装下好多这种东西。

这天的午休时刻她将"睡袋"和仙人掌放在阳台，正要上去变成盆栽吸收阳光，却被我喊住，约到旁边的茶水间聊聊。

"这盆仙人掌是怎么回事？"我严肃道，"今天我在OA里收到了一封匿名举报信，有人说你的仙人掌引发了他的密集恐惧症……"

孙倪有些局促："对不起，对不起，我以后会把它盖上的。用不透光布盖上就没事了，行不行？"

我咳嗽了一声："这个，你为什么会携带仙人掌？我记得你上班的第一天是没带这个东西的。"

孙倪眼神躲闪地说："电脑旁边放仙人掌可以防辐射。"

我心说你这演技也太差了，借口都不会找。盆栽星人的抗辐射能力是地球人的几倍，而且我司也没有大功率设备。这么小的一块仙人掌有什么用。

我佯装看破一切般叹了口气，"你不说我也知道原因，这东西可不止是仙人掌那么简单……"

"对不起！马老师！"孙倪突然变得有些激动："对不起，我不该带过来的……我明天就不会带到公司来了……我也不知道有人会讨厌他，他还是个孩子啊。”

什么？还是个孩子？

和我想的不一样啊。原本我是觉得，应该是那个开车送孙倪过来的酷酷男送给她的礼物什么的。看到仙人掌就会想起他，这仙人掌代表了一种清奇冷淡的风格，酷酷男保持距离的浪漫啥的……

孙倪很快便一五一十地和我讲了。原来这盆仙人掌是盆栽星某个仙人掌族（即酷酷男）的孩子，由于先天性发育不良，一直没有能够变成人形态。按照盆栽星的生长规律，幼儿生下来两年就会开始变成人形态，并且要在长辈的教导下学习怎么样在两种形态之间切换。

可这个可怜的仙人掌小孩已经四岁了却还是没能够变成人形态。在盆栽星这算是残疾了，类似于地球上的植物人，处于薛定谔的仙人掌状态，可能会长大，也可能会一直维持这个样子。治疗都无法继续，只能听天由命。

“我和这孩子的爸爸是大学校友，也是老乡。他工作一直是在外面跑来跑去，携带孩子出门多有不便之处，所以就委托我帮忙照顾。”

孙倪如此说着，看向小仙人掌的眼神充满了母性光辉，“你看他多可爱啊。”

我点点头做出成年人的理解状，其实根本看不出来仙人掌小孩怎么样的可爱。在地球人眼里，所有仙人掌应该都差不多。

不过好歹算是解决了一个开车男之谜，剩下的就是吴了同志了。

正当我要借机发挥将话题转到吴了身上时，老板突然大喊：“马季给我滚过来。”

我工资表又做错了。

L.I

频繁加班，工资表数据做错导致我的时间线不断推移。计划好的事一个赶另一个，始终在赶进度，不过总算在月末赶上了。

高尚请我去喝酒，我知道他大概又是要倒苦水了。

没想到他精神不错，“孙倪和那个吴了根本不是那么回事，他们只是同学。”

又是同学？总有一种冥冥中的套路感。

高尚喝了一杯啤酒，心情畅快，“你也知道，我们跑销售的只要不待在办公室里，老板就不会说什么。所以这几天我一直开车跟在那个吴了后面，终于知道他们为什么下班会一起走了……”

“瑜伽班同学？你在逗我吗？”听完我嘴里的一口酒差点喷出来。

“真的啊。”高尚喝得晕晕乎乎，情敌消失让他很是放松。

“那吴了其实有脊椎病，应该是职业病，长久坐着难免会有吧，身体僵硬，所以他就报了瑜伽班，孙倪也是那个班的学员，后来俩人才知道他们公司就在同一楼。”

高尚放下酒杯，“再来一瓶”。

我赶紧制止，我可不想拖着这酒鬼送他到家门口。

总而言之，高尚可以放心大胆地开始追求。

谁知，还不到半个月的时间，高尚又一脸苦相地来找我。

我安慰道：“不要慌，老板又没有说同事间不能谈恋爱。”

他没头没脑地说了一阵，我帮助他冷静下来后才慢慢整理出整个过程。

高尚的追求一路顺风，才毕业的孙倪同学哪知道高尚那么多手段，晕晕乎乎地就和他成了男女朋友。不过很快就出了很多问题。

“怎么了？你劈腿了？还是你口臭？”我讶异。我看人不算火眼金睛，不过孙倪在公司的这一个月每个细节我都暗地观察过，她是一个热爱生活的姑娘，简单纯粹。面由心生不是句玩笑话。

比如高尚看起来就油嘴滑舌，实际上更是心思活络。

比如苏老板，面容和她内心一样高冷严苛。

孙倪这姑娘不攀比，温柔可爱又认真，也不要求车子、房子什么的。盆栽星人有自己的睡袋走到哪里都是家，有阳光有清水就有一切。拥有这样天使一般的女朋友，简直是上辈子当烈士换来的。

高尚却说他们感情破裂，这回我站在孙倪这边。

我催促道：“说清楚。”

讲到这里高尚有些难以启齿，闭口不谈了。

当天下午孙倪找到我。

“马老师，我要辞职。”

她神色决绝，穿着一身风衣，怀里抱着自己的盆子，犹如《这个杀手不太冷》里的里昂。

5

“不要急，我给你倒一杯水，我们慢慢谈。”

我采用惯用的拖字诀，先将其决心和怒气通过时间消磨一点。

将温水递给她，我脸上带着和镜子比对过的温柔笑容，“到底是哪里不满意啊，你说说看。都是可以商量的，老板很欣赏你的。”

孙倪咬牙：“是我个人原因。”

“这样吧，我去找boss帮你请个假，休息几天再看看？”我继续缓和对方情绪。

最近老板才放话说，我们公司也有长相漂亮的员工，可以去参加本社区各个公司的社交选秀投票活动。正准备让孙倪参加这事，如果她真辞职我又要被苏老板骂个狗血淋头。

从我个人角度来说也不愿意她离开，孙倪工作方面态度和仔细度都没得说，行政岗本身就很琐碎。况且有这么一个正妹在办公室，的确很提升我们这群男员工的工作热情，加班也变得没那么无法忍受。

好说歹说，孙倪还是脸皮薄，没有油过我这个老油子，同意了先休假三天调整。

当天我一路追到高尚和客户聊合同的洗浴城，不由分说地冲进去将他逮出来。

“你知不知道找一个颜值高、不早退、能干正事、不要求加工资的前台有多难？”我对他开炮，“你让我去哪里给老板再找一个这样的？”

高尚抽了根烟，“天要下雨，娘要嫁人，随她去吧。”

“去个屁啊。”我大怒，“你到底怎么人家了。”

高尚也有些不快，“我还想把她怎么样呢，前提要我能啊。她晚上就钻进盆栽里睡到台灯下，我睡个屁啊我！”

他越说越是气愤，一根接一根地抽闷烟，也对我讲起了这段失败的恋爱。

热恋期美好而炽烈，可惜稍纵即逝，俩人同居后事故频发。

首先是无法同床，盆栽星人在沉睡状态下会自动变成盆栽状，劳累时她们也会恢复成盆栽状，强行睡在一起会无意中被伤到根茎叶，早上起来就是毁容或者残疾了——盆栽状时她们很柔弱。加上盆栽星人喜欢温暖的光源和干燥的环境，所以睡觉也要开灯、开风扇保持空气流通。

其次是盆栽星人保持盆栽姿态时会遭到细菌、虫子的攻击和撕咬，所以她们睡觉前不得不涂抹“护肤液”，这是一种用来杀虫和保湿用的液体，类似消毒水的味道，等早上恢复人形才会清洗。

高尚老是忘记这事，弄得一口消毒水，嘴唇发炎起泡，还住院吊了盐水袋。

不止如此，原本盆栽星人在盆栽状态时是非常脆弱的，需要人保护，独自一人时会把自己装进一个相对密闭的环境中，比如孙倪就把自己装进拉杆箱里。高尚不愿意她那么受罪，所以将孙倪变回的盆栽放在桌子上，只要自己一睁眼就能看到。

“‘做你的男人二十四个小时不睡觉’，这句歌词简直就是我的写照。”高尚指了指自己的黑眼圈，“老是梦到她被虫子啃得面目全非……晚上不断惊醒。我这算什么同居啊，简直是当奶爸”。

再一个是出去玩，孙倪可以变成本体在野外一动不动地欣赏自然四五个小时。高尚只能坐在她旁边看看手机，一个人唱单口相声，还得驱赶各种蚊虫。

“在她的世界里，爱情就是一切，有爱就够了。”高尚打了个喷嚏，“这时候我才觉得，宁可要不那么完美的女朋友，她可以和我谈钱，谈未来，谈上进，谈房子，谈学区，谈礼金……像她这样什么都不要，我反而更愧疚，要注意的东西更多，不然就是我对不起她。你懂我的意思吗？”

我突然想起，龙舌兰的花语好像是为爱付出一切。

“那也不至于闹成现在这样子。”我依旧狐疑。

“还有个特殊情况。”高尚摸了摸头，有些不好意思。

不久前，孙倪请了朋友过来做客，都是她盆栽星的老乡。大家一部分在外面晒太阳，另一部分在室内用清水泡温泉。

高尚忙里忙外地照顾这些特殊的客人们，最后太累了就趴在沙发上睡着了。醒来后他去叫孙倪到外面吃饭，结果他抱错了盆栽，抱了另一个盆栽星的姑娘。对方恢复人形态后脸色通红，孙倪也气哭了，说他连自己的样子都不记得。

“你说盆栽都长一个样子，还都是龙舌兰，我哪知道谁是谁啊。”高尚继续给自己开脱，“可她偏偏揪住这事不放，烦死了。”

这倒是不假。只是同样地，在盆栽星人的眼里地球人也都长得差不多，孙倪可以从那么多地球人中立刻找出高尚，高尚却无法从一堆盆栽中辨认出孙倪。

我说：“她没在嘴上涂毒药弄死你，都算你运气好了。”

高尚眼神也暗淡下来，“也怪我，其实之前我就弄错过，她都没怪过我。”

“会过去的。”我心想也算是好聚好散，工作方面影响不大。

“还有，”高尚接着说，“其实导致分手的直接原因是我趁着她不在，试着把蚯蚓放进她的‘睡袋’里，结果孔太小怎么都取不出来……”

我真想一巴掌拍死他。原来这才是主因，在人家被子里塞蛇，谁能忍？

高尚挠了挠头，“我记得老农说蚯蚓可以松土嘛，所以就想着试一试……结果把她根部弄伤了，相当于肠胃出了问题吧……”

我服了，智障不配谈恋爱。

6

最终，孙倪还是继续留在了我们公司。

也不知道老板用了什么魔法。不管我怎么劝，孙倪就是要走，可老板却让她回心转意了，真让人惊叹。

我去找老板打听，老板说：“给她撮合了个靠谱的男朋友，耐心好、智商过硬、识别度高。治疗失恋，没什么比开始下一段恋爱更好的了。”

居然是那个技术男吴了。

老板骂：“人家几秒钟就能够找出几百行相似度99%的代码之间的区别，这种仔细程度你们有吗？人家能一晚不睡等着仿真结果，反复模拟，记下每一个报警区。你呢？你连十几个人的工资表都做不好，你说你会什么？除了到处八卦你就不能干点正事？男人不要那么八婆懂不懂？”

一不小心又演变成了老板对我痛心疾首的训斥。

前台的盆栽小姐恢复了笑容，身上再次散发出清新阳光的味道。

5 不要说话

垂头星人

特　　征：头部很脆弱，骨头和软组织都比普通人差，拥有双大脑让他们经常选择困难。垂头星为了保持每个人的独立思考能力，严令禁止大家交头接耳。随意交谈是不道德、甚至是犯法的。他们必须戴头盔来保护脆弱的头部，特点是不善交际。

职业选择：对智力要求高的行业。

爱　　好：思考人生、哲学、下棋。

1

老戴是我司引进的高科技人才。

可以这么说，若我司只能保留两个人，那么一个是老板，另一个就是老戴。老板有钱有资源，老戴一个人可以当几个人用，只要把各种数据线插到老戴的头盔上，他就无所不能。

这是老板当着我面说的原话。

我记得上班的第一天，一进门就看到办公室里有人戴着顶头盔，坐在被四周桌子围起来的“堡垒”中。头盔人左右前后都是电脑，他手指在键盘上噼里啪啦，沉默而迅速，画风显然和其他闲聊的同事截然不同。

老板那时候对我还很温柔，笑着在办公室门口招手，“马季你过来。”

进去后她给了我一堆文件，“这是我们公司的工资标准、计算系数、各岗位津贴、加班费计算公式等，你看看有什么不懂的。”

我看了看，全都不懂。

我又不是人力资源专业毕业的。说来有些不好意思，我的专业是古籍修复整理，充其量和行政岗沾边——擅长整理、分类卷宗文件。因为唯一的图书馆岗位竞争失败，我在亲戚的催促下来到这家公司，老板是亲戚的一个好朋友，据说人很靠谱。

我虽然是新手，却也一眼看出了工资单上的异常。

一个叫作“戴逻辑”的员工工资单特别长，月薪更是其他人的十倍。

“这是老戴。”老板说，“他的工资单也是正常的。”

我翻到这个员工的个人信息栏目，发现老戴居然是外星人，来自“垂头星”。我顿时了然，老戴必然是老板根据政府“外星青年万人计划”（以下简称“万青计划”）亲自去引进的特殊人才。所谓“万青计划”就是地球和其他星球签订的人才引进条款，付出不菲的代价以吸纳各路英杰加速地球建设。

垂头星这样的高智力星球人才成熟度极高，是“万青计划”中排得很前的星球。

我好奇地问：“老板，老戴这种人才怎么会愿意来我们这样的小公司？”

毕竟我们公司才成立两三年，老戴这样的应该去各种龙头单位才正常。

老板反问：“你知不知道垂头星人是怎样的？”

垂头星在什么星云、星座、位置我这个文科生不知道，不过我晓得垂头星人天生聪明，先天就比地球人多一个大脑，所以他们脑袋负重很大，保持自然下垂状态符合他们的生理特征，所以叫作“垂头星”。地球上的重力比起他们家乡已经要弱很多了，不过还是需要佩戴头盔支撑颈部，保护脆弱的大脑。

一个简单的算术：普通人一个大脑，老戴两个脑子，老戴拿高工资理所当然。涉及竞争激烈的项目，细微的差距就能够决定胜败，所以老戴多了个脑子绝不只是一加一等于二这么简单的加法运算。

垂头星人可以说生下来就是天才，不过这有利也有弊。他们的头部很脆弱，骨头和软组织都比普通人差，而且拥有双大脑使他们很容易陷入选择困难。一号大脑和二号大脑常常打架，唯有当垂头星人专注做一件事时，两个大脑兄弟才能齐心协力共同合作。这么说吧，垂头星人工作时就是一个模范员工，一个技艺高超的工程师，可一旦闲下来就会忍不住地开始怀疑人生。

所以，垂头星人基本上都是工作狂。

老板说的我也知道，不过还是没能猜到她到底是怎么吸引老戴过来上班的。

“我教了他一个方法，一个选择的办法。”

苏老板从抽屉里摸出一块硬币，对着空中一丢，谁知手法不慎掉落下来，砸到了我的脑门，又弹到了沙发下面。

我惊呆了，“就这样？”

遇事不决抛硬币？

高智商天才居然会使用这种方法？

老板淡淡道：“选择才是最难的。”

我明白老板这是给我上了一课。

2

我进公司不久后，老戴受了一次伤。原因是他丢硬币时不慎落到了椅子下面，爬下去捡时头盔卡在了椅子和桌子之间的缝隙里，导致了脖子骨折。

这事引起了老板的高度重视，立刻给他隔断出了一个定制版的办公室。里面地板、桌子、椅子都是用特殊材料制造，柔软而舒适，看起来就像是一个超人专用的电话亭。另外还有一个专门的硬币占卜机，摇一摇就能够出正反面，不用担心再滚到地上去。

老戴很腼腆，和每个人说“早上好”“下午好”“再见”，客气到古怪。

我和老戴的第一次深度接触是源自工资条，老戴一直没有找我报销单据，我只能主动上门找他。

那时候老戴正在楼下餐厅里吃土豆泥喝牛奶。垂头星人吃东西时是不用取下头盔的，因为这是他们的专属特制装备，设计师早就想到了这些需要。

老戴鼻子和嘴巴这一块能够自动左右收缩，裸露出来的部分和正常人没有两样，他细嚼慢咽着，独自坐在角落。

这大概是由于垂头星人害怕受伤，习惯孤独的天性。

我凑过去：“戴老师。”

他慌张放下叉子，擦了擦嘴说：“你好。”

“我是人力部的小马。”我怕他不认识我，就再次介绍自己。

“你好，马季。”老戴说。

我开门见山：“戴老师，你的报账发票都还没有交回来，这样我没法给你报账啊。”

经常出差的那些市场岗的人，比如高尚，各种车旅费发票搞一大堆，积极无比，我反而得控制额度。老戴是我司首席技术总监——至少职位一览是这么写的。技术方面需要的资源购买和使用都是他操作把关。

不过很多软件本身就很昂贵，加上年费和授权金什么的也不是一笔小数目。老戴有一部分经费权限，可这个额度还不够。

老戴“啊”了一声，“我差点忘记了这事……之前我每天出门都想着，可到了公司就忘了这回事。”

连钱的事情都忘了，可见他绝不是冲着我司的钱来的。

那么到底是什么原因呢？

我抑制不住好奇，“戴老师，你是‘万青计划’的特殊人才吧，为什么会选我们公司啊？”

老戴勺子停顿了下。

他用勺子将盘子上的最后一点土豆泥刮干净，把牛奶盒四个角拉平压好，吸出最后一点牛奶。擦嘴的纸巾也折叠得四四方方，四方形牛奶盒、干净的圆餐盘、小正方形纸巾组成了一幅奇特的几何图案。

老戴一边做一边有些吃力地讲给我听，他的中文虽然一直在学，可有些地方的咬字发音还是不对。

戴逻辑来地球是为了体验异域生活的。他听说地球上的引力比家乡要弱，在这里行走可以抬起头来，不用垂下脑袋。

抵达地球时，老戴停在了机场的一架自动贩卖机前，陷入了抉择难题。

脑子里的两个声音不断争吵。

一号说：当然喝茶了！地球上茶是最出名的！

二号说：刚经历了长途飞行，正需要咖啡因来提提神。

老戴将自己的箱包拉平，变成了一张椅子坐在上面，然后翻出了他的笔记本电脑。

“当时我做了一个蒙特卡洛模型，准备计算一下两种选择之间的有效增益估值。”

老戴说着我听不懂的术语。

“老板就在这时候出现了。”

虽然被头盔挡着，看不到老戴的眼睛，但我还是从他的语气中听出他似乎是松了口气。

3

“你是垂头星人？”

一个女人在老戴旁边有些没礼貌地问。她说的是垂头星人的官方语言，虽然有些结结巴巴，但还是能让人听懂。

老戴点点头，继续算模型。

女人凑到他旁边，看到老戴电脑屏幕上的各种曲线函数，她瞄到两个熟悉的缩写字符——tea（茶），coffe（咖啡）。

她恍然道：“我请你喝，两个都买不就行了。”

老戴没理她，这根本就不是钱的问题，而是一种博弈。如果只能在茶和咖啡中选择一种，到底怎样的选择才是最有利的。往大了说，是两个总统候选人之间如何选择左右派争取选民的博弈，甚至可以说是一场战争中对宣战对象的选择……

计算模型中，原本咖啡和茶之争已经变成了两个党派竞争执政党的对决，是两个国家国力衡量的综合量化，是两个文明世界之间选择和平谈判还是战争试探的宏大命题。

垂头星人总是能够以小见大，将一点不起眼的小事推演成宇宙战争！

由于太过于专注推演和完善自己的模型，老戴错过了飞机，滞留在机场。他尝试改签，可很多文字都看不懂，他试着与工作人员沟通，却被认为是头戴铁盔的恐怖分子，差点报警抓他。

那时候外星人才和地球初步接触，大多数人只是在新闻里听到过外星人，还不具有生活的实感。

那个女人再次出现并帮助老戴解了围，还邀请他去她家暂住。老戴的暂住证还没有下来，相当于没有身份证核实身份，连酒店都住不了，必须要等移民局走完流程。

“你没有去过垂头星。”老戴将盘子放在回收履带上，洗了手擦干。

“在我们家乡，一个人一辈子可能只会和伴侣一个人说话。我们家乡很安静，安静利于思考。”他说起家乡时语气缓慢，“垂头星人永远是一个人，和伴侣生下下一代后双方就会分居，因为过多的群体行为会影响独立思维。”

我听得有些懵，“那你们总不可能什么话也不说啊？”

“交流通过模型展示而非陈述，我们每个人通过头盔的信号交流。”老戴指了指头盔，“需要帮助，需要急救，上面有相应的按钮，只需要按下就有专门人士赶到。”

垂头星上，任何机械单位都是单人座。公共交通系统也分成一个个小格子，住房、餐厅、商店、卫生间都是，将他们每一个人分隔开来，让所有人在任何环境下都能继续地独立思考。

和地球建交，是因为垂头星的发展到了一个公认的瓶颈期。它们有完善的福利和个体评估系统，根据每一个人的智力、贡献、潜力进行数据化标示，比如说一个人的评分是15分，另一个人是10分，前者能够得到的社会福利就远大于后者。

这种不平等的社会意识形态却是足够公正的，是规则明确的，这是垂头星人的理性思维，是某种社会映射的表现。

讲到社会规则时老戴好像意识到自己有些偏题，停了下来，“不好意思，在我们老家，我就是因为太话唠，经常干扰别人，被罚款了好多次”。

他终于回归了正题，“那天晚上，老板和我探讨了‘选择和命运’的命题。我意识到，自己来到地球是有原因的，都是自我意识的一种对外表现，也就是命运的结果”。

我张了张嘴，不知道该说啥好。

简单来说，就是被老板忽悠过来的吧?

L.I

我们公司做的是贸易平台代理，是给某个大型跨星球商团做劳务分包业务的，平时要负责某一块平台子模块的数据维护和统计，还包括给更多的供应商推销这个东西。

老戴的任务就是保持这个子模块不断增多的同时继续高效运行，控制错误率。这操作起来很麻烦，因为每增加一部分数据维护难度就会再上一个台阶。

不过对于老戴这个具有“双核”大脑的天才来说，不过是将电脑从两台变成四台再到现在的二十四台环绕立体声而已，他总是能够在要求时间内完成所有的数据核查。

有这样一个说法，说垂头星人其实就是若干年后的地球人，是未来时间线上的我们。他们五官四肢和我们毫无区别，是外星人中最类人的一种。哪怕盆栽星人也有变成盆栽的时刻，但他们永远都是人形态。

未来人的大脑使用率越来越高之后会让大脑开发到一个新的阶段，肢体能力弱化，智力进一步强化。左右脑开始再度发育，变成了两个单独的个体，并联在颅骨内增强了人的思考能力。

然后就像是不断提升罩杯后会导致胸下垂一样，脖子也会不堪脑袋的重负。

当然这并没有任何科学根据，老戴说，垂头星人从文明萌芽时期就是垂着头，并没有存在所谓的地球人时代。不过他也不百分之百肯定。

我根本不相信老板靠一枚硬币就拐了这么一个技术大牛到公司。要么她动用了美色——老板至今单身，身材容貌都不错，有钱的女人大多数都保养得很好。要么就是达成了某种不可言说的私下交易，才把老戴留下。

有时候我也会想垂头星到底是怎样的，城市是什么样的。人与人之间是不是都离得远远的，头盔是为了避免直接的眼神接触，保持距离是为了防止肢体接触。不过至今垂头星都还没有开放民间通道，只能官方往来，垂头星到地球是免签，可地球到垂头星却不行。

老戴这个自称垂头星的“话唠”在我们公司里却是个安静的美男

子。销售部的高尚他们一回来就叽叽喳喳地聊天，我也爱聊天，就连前台盆栽星的孙倪也喜欢聊八卦。老戴算是我们之中最内敛的人。

公司周年庆时，老板包了一个酒店的大厅，让大家很振奋。

老板手一挥，豪气万千地说：“今天年会表演，只要上场就有奖金，最亮眼的我有大奖！”

人人争相参与。

我倒是没什么表演天赋，总不能上去说一段单口八卦，要是这样估计会被老板用高跟鞋给踢下来。

前台的孙倪表演了一段民族舞。她们盆栽星人男帅女靓，肢体柔软，光是仪态和那张脸就能轻松地赢得我们公司所有男同事的支持。

高尚上去表演了一手魔术扑克，这是他的把妹技能之一。

众人嘘声一片。

最后就剩下老戴没上去，我以为他不会去，没想到他站了起来，用手扶了下头盔，一步步地走到台上，在钢琴旁边坐了下来。

5

老戴写代码的手指在钢琴琴键上流畅顺滑地移动，他头盔下面的嘴对准了麦克风：

恼春风 我心因何恼春风

说不出 借酒相送

夜雨冻 雨点透射到照片中

回头似是梦 无法弹动

迷住凝望你 褪色照片中

啊——

这是一首粤语老歌，叫《李香兰》。老戴粤语发音不准，不过听起来有一种奇特低沉的蹩脚的动情感，把我们在场人都听傻了。

我们都忍不住鼓起掌来。

老戴戴着头盔，我虽然看不到他的表情，但也能感受到他很投入，也不知道他为什么会感触这么深。

老戴的声音变得嘶哑、高亢起来，已经破了音：

啊——

像花虽未红

如冰虽不冻

却像有无数说话

可惜我听不懂

啊——

是杯酒渐浓

或我心真空

啊——啊哟——

老戴兴在头上仰头高唱时突然惨叫。我还是第一次看到老戴仰起头的样子，仿佛某种诅咒被音乐力量打破了一样。

他的脖子再次骨折，立刻被送往医院，医生从重症监护室出来后告诉我们，这次他至少得留院观察一个月。

垂头星人就得垂下头，这是没办法的事，违反自然规律就得进医院。

不过我还是很佩服他。

我去看望老戴时终于看到了他头盔下的面容，那是一张白的不像话的男人脸。我没有看过僵尸，不过尸体的脸大概也就是这种样子，毫无血色的脸，眼睛里充斥着血丝，像是一个疲倦归来的旅人。

他脖子不能动，旁边的小护士给他检查身体，嘴上不停地叮嘱他注意事项，老戴老老实实地躺在床上听。

等护士出门我打趣说："老戴你现在脑子里在想什么？左右脑有没有打架？"

老戴说："想家。"

我不知道该怎么回答，只好佯装接电话溜了出去。恰好碰见老板提着花篮从走廊过来，我赶紧喊住她，"人家正在伤感着呢，不要过去破坏气氛。"

老板横了我一眼，"你又在胡说八道什么？"

"老板，老戴的事情绝不是什么硬币能解决的。他这个样子肯定有隐情，我去查一查。"我趁机顺棍往上爬。

"查个屁，就你事儿多。"老板要用花篮砸我，我抱头防守。

"你说你一男的，怎么妖里妖气的，成天挖人八卦。"老板横眉冷目。

我的专业是修复古籍，挖掘历史，不就是挖掘每个人的过去嘛。

“这边来，”老板把花篮放在门口，走到走廊尽头的窗户处，“你不就是想知道老戴的事儿吗？我告诉你。”

那天在机场，老板的确遇到了老戴，也帮助他解了围。

然而事情却远不止如此。

老戴并非是“万青计划”人才的成员之一，他只是跟着那一航班一起到地球来的旅人。垂头星到地球是免签，所以老戴来也没有阻碍。可到了机场他却迷失了方向，在这个完全陌生、比垂头星拥挤了无数倍、到处都是交谈声的奇特星球，老戴兴奋过后是害怕。

当时到处寻找人才的老板一眼就看出了老戴的特殊，见他既不是“万青计划”的一员，又没有人来接机，便和老戴攀谈起来。聊过后发现对方的确是个人才，当即就招揽了过来。

老戴就这么进入了我们的公司。

老板略过了很多关键性的细节问题，我可是注重细节的男人，立刻追问：“老板，他为什么会来地球？既然过来旅行，又怎么会在这里工作？据我所知，垂头星人其实优越感很强，地球上大多数人的智力在他们眼里和智障没什么分别……”

“你知道那么多干什么。”

老板一句话结束了我们的对话。

我原已放弃再去深究老戴的秘密，可有天移民局的人找上门来，老板在外应酬，老戴还在医院躺着，就只好我去配合他们了解一些老戴的情况。

来人直接问：“垂头星人戴逻辑有无反社会行为？”

对方带来的信息让我大吃一惊。

原来在垂头星，老戴被他们星球政府拘留过很多次，可以说是犯案累累。每次被抓都是同样的理由——违反治安管理，干扰公共场所秩序。

经过移民局的人解释，我才知道，老戴在垂头星总是尝试和人聊天，哪怕只是打个招呼，问一问对方“吃饭了没”。诸如此类的社会行为，在地球上很正常，但是在垂头星却是严重无比的道德问题。在那里，男性找女性说话会被判成“性骚扰”罪；就算同性之间说话，对方也可以告你“侵占私人空间”。

垂头星是一个高度效率化的社会，无意义的对话就像是程序中的bug（漏洞）一样只会给人增加计算负担，毫无实际作用。

在垂头星，交头接耳地闲聊和自我陈述都是一种违反传统、低素质的表现，被人所不齿。他们通过模型来沟通表达，互相隔阂，独立思考，保持距离。

高智商的世界里，感情这种东西显得冗余而影响他人。

老戴在垂头星待不下去了，才到了地球。哪怕他有两个大脑，也无法自己和自己聊天，他能够计算每一个参数的变化，却无法思考出孤独变量函数的极限。

我来到医院看他时，老戴正在和隔壁一个病友聊天。

同样固定着脖子的病友说：“医院真不是人来的地方，到处都是挤来挤去的人，住院排期至少排一周。真倒霉！”

老戴点头说：“是啊是啊。”

病友说：“哥们儿你脖子咋了？”

“唱歌唱的。”

“高！唱美声的吧？我脖子是被打的，我老婆梦游里用擀面杖打的，以为是在揉面团呢。”

两人都忍不住哈哈大笑起来。

地球上大多数人没法像垂头星人那样进行高强度的运算，不过如果你只是想聊聊天，总会有人愿意听听。

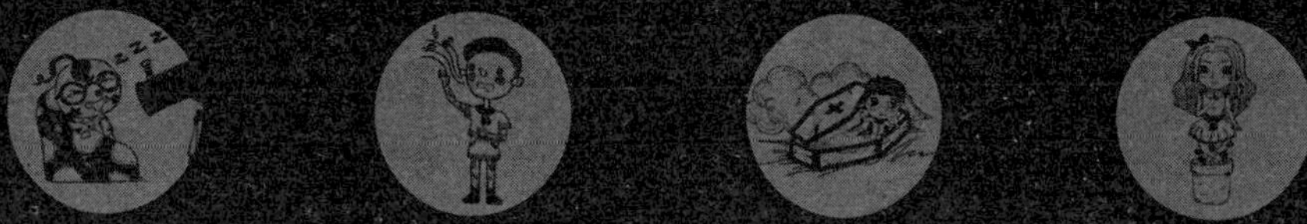

6 像鱼一样

海猎星人

特　　征： 亚马逊战士一样的无畏猎手，他们常年在大海上捕猎，所以皮肤偏向于小麦色，神经反应极其出色，勇敢并且无畏，鱼是他们的伙伴和武器。由于对人过于淳朴热情，很容易受骗。

职业选择： 驯兽师、海鲜市场、救生员。

爱　　好： 吃吃喝喝，和海洋有关的一切。

1

慢慢地，我基本算是摸明白了公司里的门道，理清楚了自己要做的事。之前那个刻意回避的话题像只老鼠一样不断地在我的脑子里“吱吱”乱叫。

在我失踪的一年里到底发生了什么，我做了什么？

手机里唯一能打通的是我的一个大学室友，我拨通了他的电话，他说我那一年里没有和他们任何人联系。我也没什么要好的朋友，不知道该如何调查，就在毫无头绪之时，事情发生了转机。

一大清早，我就听到有人敲门。打开门时，我看到一个提着蓝色小手提箱、身穿黑色皮衣的女人站在门口。她留着一头让人印象深刻的亚麻色直短发、拥有一双水润又透亮的眼睛、健康的小麦肤色透出一丝内敛的狂野，一言不发地从我身边直接走了进来。

“没时间了。”

她手脚利落，一个后抬腿便熟练地关上了门，然后走到茶几处将箱子放在上面打开，箱子里充满了淡蓝色消毒液一样的液体，三条古怪的鱼正在箱子里游来游去。

她对我说：“选一个。”

我不明所以，卖鱼的现在也上门推销了？这是什么套路，还是说高档观赏鱼的碰瓷？我忙说：“不买不买，请你出去。”

我也不敢推她，只能嘴上说说，希望她看到我这副穷酸样能知难而退。

卖鱼女左右看了看，皱眉说：“我懂了。”

她翻出一张纸歪歪扭扭地写了一句话，笔迹就像幼儿园的小朋友，上面写着：

有监控，下午见。

说罢她提着箱子，动作利落地出了门。我跟上去走到门口时，已经看不到她的影子了。

这个插曲让我心里总觉得怪怪的，也不知道是哪个缺德的泄露了我的私人住宅信息，让这样一个怪里怪气的"推销女"上了门。我对这个女人一无所知，就算报警也没用，索性回屋睡了一个长午觉。醒来后肚子饿了，我便出门找食物，千挑万选，最终选择了鸡米饭。

"明天下午两点，准时下手。"

吃饭时，我的身后传来一个声音。我扭头看去，果然是那个推销鱼的女人。她正慢条斯理地吃着鱿鱼串，面前的桌子上放着那个蓝色手提箱。

我勉强把饭吞咽下去，说："我没钱，别找我。"

"跟我来。"

她明明说的是"跟"我来，却一把抓住我拖在她身后。她的力气大得惊人，一路把我拖到了女厕所里，然后关上门并用背靠在上面，对着我再次打开了她的箱子。三条鱼在箱子里甩了甩尾巴，溅了我一脸水。

她从箱子里翻出了一条浑身银色、鳞片细密、像是绸子一样的尖头鱼，指着它说道："这条格洛克刺客鱼，射速298米/秒，长192毫米，重1.5千克。鱼口92毫米长，弹容量5发，有效射程35米，你试试。"说完把鱼丢了过来。

我手忙脚乱地接住这一条长嘴银鱼，不禁怀疑她脑子有问题。明明是一条鱼，被她说得像是一把枪似的。

“你的抓鱼手法不对。”

她过来纠正我，让我用左手托住鱼腹部靠近头部的位置，右手在后握住鱼尾巴。左右肩膀作为支撑要稳，身体要微微右倾。

“你退步了，小马。”她皱眉道。

门口传来敲门声，她猛地从我手里夺过长头鱼，对准门口。

那人也停了下来，小声问：“里面有人吗？”

是个女人。

她朝我使了个眼神，我立刻会意说：“有人。”

对方若有所思地“哦”了一声，“对不起，打扰你们了……”

我突然意识到这是女厕，自己一个男人回答算是什么事儿啊，心里有些郁闷。

脚边突然掠过一道灰色的残影，我听到“噗噗噗”几声，身旁“卖鱼女”手里的长头鱼嘴巴微张、鱼鳍竖起，似乎是所谓的格洛克刺客鱼发怒的姿态。她保持着双手托着鱼的姿势，冷冷地看向地面被击毙的敌人。

我也看过去。

深色格子地砖上躺着一只浑身僵硬的灰老鼠。它四肢张开、鼠尾拉长、鼠牙突出，死得不能再死了。

2

后来我才知道，老鼠是被那叫作格洛克刺客鱼嘴里吐出的口水杀死的，这是一种特殊的杀手鱼，进入攻击模式后会有五发口水。口水中具有一种神经毒素，借助它体内某种腺体的强大压力喷射出来，刺破目标物皮肤，使敌人中毒死亡。

死掉的老鼠被“杀手女”丢进自己箱子里的一个隔间，装进塑料袋后又喷了消毒剂和去味剂。她说这是为了避免暴露她的身份，等到出去了再处理老鼠的尸体。

好几次我都想要逃走，可脚下才要跑，脑子里就闪过她那一手拔鱼击杀术，干练利落的不给任何生路。

“鱼口长92毫米，弹容量5发，有效射程35米，你试试。”

如此一想，她之前说的那句话似乎也是另有所指。

她手提鱼箱带我进了一间茶室，居高临下地看着窗外路过的人群，似乎在寻找着什么。我坐在她旁边什么话都不敢说，心里一直在默默祈祷她快点离开。

“走吧，看来目标改变了路线，不会从这里经过了。”

我们在茶室一直坐到太阳下山，

末了她问我吃不吃鱼，然后直接将那条杀死过老鼠的格洛克刺客鱼送给我，说回去炖汤喝，对身体很好。

我不敢拒绝，小心翼翼地提着用白色纸饭盒装好的鱼，战战兢兢地回了家。

到家我立刻把盒子丢进了垃圾桶里，再将屋子里的窗帘全部拉上，一口气喝完一瓶啤酒后便钻进被子里闷头大睡。醒来后我小心翼翼地去看了下垃圾桶，那个白色饭盒依旧在，还不时地从饭盒里传来一两声响动。

我小心地打开了饭盒，里面的刺客鱼还在扭来扭去。

最后，我把它用胶带层层绑好，丢到了楼下的垃圾箱里。

三天后，那个女人又找上门来。

她提了一个比之前更大的29寸黑色箱包，似乎重量不轻。

今天她换了一身宽大的风衣，脚步虚浮，进来之后便踉踉跄跄地坐在了我的人造革沙发上，神色痛苦地说："失败了。"

我立刻安慰她说："没事没事，人都有失败过，下次肯定会成功的。"

她瞄了我一眼："你还是那么乐观，小马。"

她突然眯起眼睛，在纸上写字："还有监控？隔墙有耳？"

我说："没有，已经被我发现，给拆掉了。"

她明显松了口气。

我得让她把她脑子里整个不存在的事件说出来，否则我根本不知道怎么摆脱这位以鱼当杀人武器的疯子。

"今天早上，我去外面的小老公包子铺伏击了赵无钱，没想到被他保镖发现，最后我还受了点伤。两年前我们那次任务失败后，就越来越难抓住他的弱点了……"

两年前？我们？

我心脏扑通扑通剧烈跳动，忍住冲动强自冷静地顺着她问："他没死？"

"没有。"她虚弱地回答，看了看我的冰箱："有没有冰块和面包？"

我给她拿来之后，她用冰块敷着胳膊位置，那里有一道已经包扎处理过的伤口，她慢慢吃着面包。

她自称叫塞壬，是一个杀手，名字或许是假的，半年前和代号“小马”的我一起参与到一次刺杀任务中，目标正是那个赵无钱。

我们失败后各自分开逃走。到现在她才找到了我的踪迹，于是过来共商大计，准备第二次的刺杀行动。

塞壬突然眉毛一皱：“不对，你不是小马！你到底是谁！”

她突然从衣兜里摸出一条小鱼，这小鱼如同河豚一样迅速膨胀起来，变成了白色气球挡住了她的脸。

“说出你的来历，为什么要伪装成小马，否则我手里的回天雷鱼就会被引爆，大不了我们同归于尽。”

塞壬语气坚决，容不得我有任何的拖延。

看着不断变大的回天雷鱼，它好像一个随时能够起飞的气象气球，变得有塞壬旅行箱那么大了，仔细听还能够听到它体内噼里啪啦仿佛在发生化学反应的声音，鱼眼也开始泛白，鱼嘴开始吐白泡。

我吓得快速说道：“我叫马季，我不知道和你合作的那个小马是谁，但是我失去了一年的记忆，恰好就是两年前的那段。”

她冷冷地说：“这个谎话不怎么高明。我查到信息，你两年前和我分开后不久就躲到了这里，小马，你到底是谁，任务失败和暴露是不是都和你有关！”

好在那个膨胀的回天雷鱼终于被她放了气再次装回到包里。

不容我继续解释，她直接翻出了另一条鱼，这鱼鱼吻也长，如同刀刃一样锋利，她把鱼吻架在我脖子上：“说，你到底是谁？是不是赵无钱他们请来的人！”

正在这时候门外传来急促的敲门声：“马季，开门，开门！”

这豪迈的声音我一下子就听出来了，是房东过来收房租了，最近由于手头有点紧，我拖延了一个月。塞壬很紧张，其实她完全不必，我比她更怕房东，欠的钱我给了的话这个月生活费就没了，至少得等到下一周发工资。

我们都屏气凝神，等到房东生气地离开。

“证明你自己。”塞壬给了我一个最难的难题。

一个人要怎么证明自己是自己，或者是自己不是自己？抑或是曾经是自己，然后不是自己，现在又恢复了自己？

我抓了抓头：“小马是杀手，那么他肯定有擅长的。他擅长什么？”

塞壬说：“镜头捕捉，情景再现。”

所谓镜头捕捉是指小马总能够抓住一些至关重要的细节，再通过情景再现还原出一些原本并不知道的隐秘消息。

我擅长的东西比较少，又比较偏门，比如说翻花绳，再比如说可以一口气玩十二个小时的扫雷游戏，坐公交车和地铁在城市里漫无目的地转悠一整天……

我想到了，小马绝对不会的东西。

从床下翻出我当年的宝贝，然后把它们一个个放出来，我开始拼乐高，一个多小时后我拼了一只保持白鹤晾翅的金鸡出来。

看到塞壬脸色不好看，我准备再展示一下我的其他才艺，比如说叠纸牌和橡皮捏人偶。

“够了够了。”塞壬做制止的手势，以古怪的眼神看我：“我现在相信你绝不是小马了，小马绝不会这么浪费时间。”

我松了口气。

3

关于小马，塞壬也知道的不多。她只晓得接了任务后，出资方派来的搭档就是小马，俩人仅仅是一次的刺杀合作关系。

杀手搭档之间互相提防，很少谈及任务外的话题，小马知道塞壬擅长使用特殊类杀人武器，塞壬晓得小马是很好的侦察兵和判断者。说不定刺杀之后只会剩余一人，也说不定俩人中途会开始自相残杀。杀手搭档就和一起做生意的朋友一样，看似共同进退前景无限，其实处处杀机，一不小心，拔刀互砍。

他们一起共同待了七天，七天里塞壬对小马的评价不断变化。

他是一个很好的驾驶者，一个可靠的侦察者，一个敏锐的美食家，以及一个赌徒。

小马很爱赌，什么事他似乎都想要赌一赌。见面的第一天，塞壬照样提着自己的武器箱，小马说，我们打个赌，我赌你箱子里的东西，有吃的。

塞壬箱子里都是“生物兵器”，因为她来自海猎星。

海猎星的一切都来自海洋，那是一个遥远的巨大星球，居住在海猎星的人生于大海死在大海。他们的一生都在海上漂泊，有阳光和煦的舒适，也有风暴蔽日的海啸危险，但海猎星人都不在乎，大海就像是人一样，心情好时阳光不晒人，帮你指明方向，海里也能找到大群大群的鱼儿，难过时风雷激荡，危险重重，哪怕待在最坚固的船里也要提心吊胆下一秒船覆人亡。

塞壬并不是她们家乡唯一外出闯荡的，但她是已知的唯一职业杀手。

小马很迅速识别出了她的身份：“海猎星人？”

塞壬却不晓得小马的来历，他看起来容貌平平无奇，不高也不矮，脸有些长，笑起来并不让人讨厌，但更多的时候他总是一脸玩味地打量着周围来来去去的人和高楼街道。

“我是地球人。”小马主动爆料，笑着说：“我打赌你绝对没有猜到。”

在塞壬的眼里小马属于疯狂赌徒，以小博大的机会里有什么比赌命更刺激的?

我听得着急，说了半天都没有我要的那部分关键信息。

“他还有什么特征？和什么人待过，或者说过什么？”

塞壬摇摇头：“虽然有七天时间，但是大多数时候我们分开行动，其实相互之间并不了解。”

我一时间有些丧气：“那既然不熟，你为什么又来找我。”

“小马说的，下次见面，还有机会。”

没想到见到的不是“小马”，而是马季。

我脑子里不由怀疑，难道自己精神分裂，被另一个人格接管了身体吗?

转念一想，我准备从其他角度入手：“那个赵无钱又是怎么回事?他是什么人？”

塞壬眼睛微不可见的一亮："你不是不准备出手吗？"

我这才意识到原来塞壬根本就不信我，在她眼里我就是小马，只是故意伪装成了马季的样子，想要逃脱祸事旋涡。

我也懒得和她扯这些，略过这个话题追问关于赵无钱的事情，一旦能够得到目标人物的一些蛛丝马迹，对于我寻找小马的足迹很有帮助。

按照塞壬的说法，赵无钱是一个冷血的黑心商人，他的兽行不仅体现在对于劳动力的剥削上，更体现在对于多个民族的侮辱和对种族延续的霸凌上。

他所效力的"巨无霸"玫瑰集团在星际联盟商界中也是鼎鼎大名，他们的探子像是嗅到鲜血的鬣狗一样，下手狠辣，而且遍布星空。他们在许多星球上都犯过恶行，有学者评价他们的行为是没有鲜血的入侵和种族灭绝的催化剂。

玫瑰集团的主要业务是相亲。

我听得一阵发蒙，虽然我自己并不怎么欣赏相亲，但是并不妨碍相亲帮助人们找到另一个伴侣和构建家庭。如果说相亲都已经十恶不赦，那么日子也太难过了一些。

"你根本不懂相亲的幕后黑手做了什么。"塞壬皱眉，"兹事体大，引发巨大灾难的往往是很小的东西。很多年以前，我的家乡就被他下过黑手……"

海猎星人一向淳朴善良，在辽阔的海洋上生长养成了他们宽广的心胸和热情的性格。海猎星一度是星际联盟中著名的度假胜地，美味的海产，淳朴好客的当地人以及他们在海上与鱼群搏杀的豪放英姿，还有海猎星人对海洋生物各种让人眼界大开的利用，都是旅人们津津乐道的话题。直到有一天，有个叫做赵无钱的人来到这里。

赵无钱在海猎星滞留了整整一年，他每天在各个海上城市中来回穿梭，学习当地语言，并与当地人热情交谈，海猎星人都当他是好朋友。

不久后赵无钱得到了其中一座海洋城市长的许可，在城市里开了一个店，他卖的东西是因缘。海猎星人由于生活风格所致，人们一个个精神奕奕，身姿俊美，和大多数文明相比简直属于模特级别。

所以赵无钱将这些海猎星人介绍到其他星球上去，和不少外星球人结了婚；也有一部分作为明星候选人参与到各种商业活动中，一夜成名的诱惑无人能挡，海猎星人一时间对此趋之若鹜。

由于生理条件极好，所以海猎星人在其他星球极其受热捧，追求者无数。因此海猎星本地人不断迁居往外，男女之间的交往也不再是踏着海浪唱情歌。

很简单，既然自己在另一个星球可以成为万人迷，为什么还要去费力讨好某一个人？大家又不傻。如此一来就导致本土海猎星人锐减，后来甚至不得不合并成唯一的城市，而这座城基本上是由老人和儿童组成。海猎星人的旅游指数暴跌，原本丰富的旅游业尽数凋敝；而赵无钱却早早以玫瑰集团的名义廉价购买了海猎星的海洋开采权和经营权，使得海猎星几乎成了玫瑰集团麾下的财产之一。

大家这才明白了赵无钱的计谋，所谓相亲不过是第一步，没有足够人力的星球根本无力阻止其他势力的入侵。可是要大家团结起来一致对外的话，个人利益的引诱又大过集体利益，何况外面的世界是那么的精彩而美好，很少有人愿意回来。以至于剩下的海猎星人都不得不为玫瑰集团打工，以此度日，再无往日活力。

这是由一个看似简单的相亲计划而引发的灾难。

海猎星并非是第一个受害者，也不会是最后一个，眼下赵无钱又将目标瞄向了地球。

“赵无钱罪恶滔天，非死不可。”塞壬一把捏碎手里的马克杯，陶瓷碎片溅射出来，差点划到我的小腿。

4

赵无钱是一个看起来很具有亲和力的中年人，根据我翻找到的采访资料显示，他之所以特意取了这样一个名字，还是因为根据中国人的取名传统，名字越贱越容易熬过磨难。他叫自己无钱，是想变得越来越有钱。

他在跨星球巨型财阀玫瑰集团中担任公司董事兼相亲事业部部长，身份显赫，地球人巨大的人口基数让他毫不犹豫地选择亲自前来开拓事业。

用赵无钱的经典口头禅来讲：赠人玫瑰，必有回报。

然而在我国神州大陆上，玫瑰集团步履缓慢，也曾看到过不少它们的店铺，可里面的人总是寥寥无几，让人不解。

我妈打电话过来，说：“我给你在玫瑰俱乐部报了名，你过去看看有没有合适的姑娘，相处相处，不成也算是积累一下失败经验。”

她不由分说地把卡号发给了我，并说密码是我的身份证号。

稍微查了下，玫瑰俱乐部是玫瑰集团在我国的转型，俗话说得好，入乡随俗，不同国度种族爱好需求都不一样，得因地制宜。

在我国相亲的人数很多，但是做相亲业务成功的却不多，最大原因就在于相亲前后心理落差的问题。大家都不肯将就凑合，自视甚高，于是就变成了一个个人都往天上看，看得脖子都酸了，也没有从月亮上掉下一个温柔体贴不要钱的女人或是一个年少多金看上你的花美男。

由于地球如此特殊的背景和原本就已经丰富的相亲文化，玫瑰俱乐部应运而生。

进去的每一个人互相之间不见面，先是登记自己的个人信息，然后按照业务员要求拍摄图片、影像，最后接受测试。

我去尝试了一次，头戴一个像是水桶的银色头盔，业务员会要求你闭上眼，然后脑子里会浮现出各种女性的身姿，一组组图像和影像不断划过，半个小时后测试结束。

业务员翻开记录表，根据你体内激素分泌最旺盛作为其中一个指标来筛选，这样本人表现出来的样子会说谎，身体却是诚实的。

按照这种科技配对，很快我就找到了一个看我也顺眼的女相亲者。我们一起高高兴兴地约在外面吃饭，她很遗憾地告诉我，她并不喜欢我，只是抹不开脸不来。我也反击说我对她其实也没什么兴趣。

她不高兴道："那你为什么要请我吃饭？"

我说："因为我恰好有这个店的优惠券，再过一天就要过期了。"

这句话不说还好，说完简直让人再无好感。我们吃完饭后互相告别，此后再无交集。

我在玫瑰俱乐部的反馈评价表上写了大大的差评，再也不打算去了，后来才知道玫瑰俱乐部一张卡一万二，我妈基本上是血本无归。为了能够减少一些损失，我把玫瑰俱乐部的卡放在同城二手交易网上，可一搜之下才发现大量的同道中人也在卖卡，而且价格一个比一个低，但就是没人买。

还没等我止损，塞壬再次上门。

“又失败了。”她这回伤得也并不重，只是在逃跑时迎面撞上了一辆卡车，扭了下脖子，但是这次事件对她心理打击得很严重。杀手一般只要第一次行动失败，后面的第二、三、四次都会越来越难，塞壬已经被对方识破身份，这已是她第五次失败。

我知道，她对赵无钱的执念有很大一部分来自被他用相亲计划毁掉的家园。

塞壬躺在沙发上一言不发，呆呆地看着电视。电视上赵无钱正在振臂高呼：“我要让每一个努力的人都找到适合的伴侣。你单身只是因为你不够努力，还没有找到方法。我们玫瑰集团专注于改善人与人之间的关系，赠人玫瑰，必有回报！”

为了不进一步刺激到她，我立马关掉电视。

塞壬问我：“马季，你们地球人不恨他吗？”

我摸了摸头：“恨啊。”

无良奸商，简直和健身房一个套路，办卡之后大多数人都不会用卡。

“那你们不想为了自己的种族延续，为了明天而打倒这个人吗？”她疑惑地说：“你们就不担心地球也会变成下一个海猎星？”

我不好否认正在慷慨陈词的塞壬，只能说：“你先冷静一下，我去给你拿杯可乐。”

不知道她有没有看新闻，前不久赵无钱先生已经正式在几个大城市建立了玫瑰集团的数据中心和实验室，可以说已经算是和官方建立了良好的联系，此时要让赵无钱倒台实在是难上加难。

世上事大多都不如意，人得看开一点。

塞壬喝着可乐，叹了口气："你们会后悔的。"

"我可以在你这里住几天吗？"她突然问我，眼神就像是某种无家可归的小动物。

得到我的许可之后塞壬似乎轻松了许多，她将自己的武器箱放在了厨房，从里面拿出一条格洛克刺客鱼握在手里，我给吓得抓起靠垫挡在身前："你干什么，不要冲动！"

"做饭啊。"

塞壬解释：对海猎星人来说，一切水产生物都是可以吃的。哪怕是她的"武器"。她熟练地把刺客鱼对准用菜板盖住的水槽，啪啪啪几声之后，鱼露出一副身体被掏空的神色，然后就被她无情地解剖变成了鱼片丢进锅里。

接着她又从箱子里摸出一条小鱼，我还记得这是那个回天雷鱼，能够自爆的奇特生物兵器。塞壬一掌精准拍打在它脑门处，正在膨胀的雷鱼立马蔫了下去，她一边处理鱼一边说："雷鱼只要摘除腺体就没问题了。"

雷鱼被她做成清蒸鱼，说肉质细腻，最适合清淡一点的烹饪方式，原味最佳。

刀鱼很容易解决，唯有威胁到它内脏时它头部才会变得坚硬无比并且具有极高的锋利程度，给塞壬用酒精一泡就晕晕乎乎，做成了醉鱼。

最麻烦的是最后一个大家伙，整个大箱子都是为了它而存在的。

塞壬小心翼翼将这一条嘴巴被绑住像是剑鱼一样的大鱼从蜷曲状态解放出来，它轻微摆动尾巴，长长的嘴里有两排细密牙齿，身体却如同蛇一样柔软，目测完全舒张拉直长度将有两米。

“长距离恶鬼鱼‘巴雷特’，射程八百米，射出的骨刺能够精准击中目标要害，我最喜欢的武器。”

她的手指如同抚摸琴键一样温柔地在恶鬼鱼淡蓝色的身体上摩挲，眼神不舍。

最后她咬咬牙：“如果被查到就麻烦了。”

她用尖头菜刀几次想要刺入恶鬼鱼要害，可最终还是颓然放下刀子，努力给自己找一个借口：“做太多菜也吃不完……”

塞壬在面对自己的鱼儿时罕见地露出了一些别扭的柔情。

5

塞壬搬出去后在超市里找了一份工作，生鲜区域的工作人员，每天工作八个小时，工资尚可。偶尔她会给我买点鱼过来，但她做菜时哪怕身后传来一丁点不对劲的声响她都会立刻双手持鱼瞄准身后，反射神经一流。

塞壬最后一次刺杀任务失败后伤得很重，我给她找了个私人诊所休养。

一周后，玫瑰集团事业部部长赵无钱被捕，被控告侵占公款，偷税漏税，出售虚假产品，发布虚假不实信息，导致单身汉和单身女们的爸爸妈妈婶婶叔叔们群体出动，在他们公司前面静坐示威，打出“无良骗子公司毁我孩子青春”和“强烈呼吁严惩奸商”的横幅。说到底是因为赵无极公司并没有解决大家的相亲问题，反而进一步增大了每个人的期许感，让人自信爆棚觉得自己很不错，导致更结不了婚。结不了婚怨谁？当然是他赵无钱的错！

孩子是无辜的，收了钱的赵无钱没能帮忙找到对象，无疑罪大恶极。

赵无极并没有意识到自己正走在通往悬崖的小道，他被过往的辉煌蒙蔽了双眼，已经陷入了父母们愤怒的海洋之中。

朝阳群众奋起收集情报，法治社会铁拳出击，教他这个外星奸商做人。

我打电话给塞壬时那头在放××大酬宾活动，估摸着她应该还在打工。

“看到新闻了吗？赵无钱这回栽了。”我说。

塞壬语调带着怅然与不解，“就这么完了……”

“就这么完了。”

“总觉得……太不可思议。”

包括塞壬在内很多刺客都刺杀无果，赵无钱的一切都仿佛顺风顺水，无懈可击，告诉世人有钱人就是可以为所欲为。可惜他错误地估计了我国国情，并没有意识到给孩子找对象对于我国的家长们意味着什么。为了孩子，他们可以是善良有爱心的天使，也能化作残酷决绝的魔鬼。区区一个外星商人算什么。

这钱拿得容易，燃起来也简单。

法制新闻频道特地给了他一个特写镜头。

赵无钱一脸茫然，左右张望，被拷上手铐时他低头看了看，神色疑惑，无法相信这一切都是真的。自己千算万算，怎么就栽倒在这一群平平无奇的大爷大妈手里了？这世界还有王法吗？

画面到此被切回到主持人处。

沉默一阵，塞小姐说："我不懂，你们这里真是个奇怪的地方，为什么会这样？"

"我也不知道，"我对她说："这就是地球"。

功夫熊猫

电波星人

特　　征： 他们一族没有具体形态，借助电波为媒介四处游荡。由于被星际联盟拒绝入境，电波人如今只能在暗处行动，而且由于它们本身特性的缘故，过着游牧民一般的冒险生活，所以电波人越来越少。跟错了电波就相当于坐上了进入黑洞的死亡列车。

职业选择： 蛊惑者。

爱　　好： 居无定所，煽风点火。

1

公司上班的生活适应之后就变得毫无期待，外星人也就那么回事，多了不新鲜。前台龙舌兰小姐每天美美的，将她照顾的自闭小朋友“仙人掌”定期放在阳台上呼吸阳光，老戴还是不断对显示器学习讲话技巧，最近他终于突破难关，喜欢给我们讲笑话，只不过是冷笑话，一点也不好笑。但一向不怎么给人好脸色的苏老板倒是笑了，说：“这么看来，让老戴每天给大家讲几个笑话，今年夏天咱们就暂时不用开空调了。”

我们没有笑。我们都知道，苏老板什么事情都是做得出来的。

万一夏天空调真的减少……我们都看向老戴，他戴上头盔不敢和我们目光接触，灰溜溜地回到自己那三面环绕显示器的国度。

好在苏老板很快就出差去了，说是要去谈一个大项目，一时半会儿回不来。办公室的众人这才松了口气。

少了苏老板的压迫，我顿时觉得无比惬意，清闲地坐在办公室看最新的游戏视频攻略。

突然，一只手搭在了我的肩膀上，吓得我魂飞魄散，赶紧回头说：“老板这是弹窗广告，是它自己弹出来的。我正在做表，做表。”

“老板没回来，”原来是高尚，他接着说：“快看新闻，大新闻大新闻。”

我将信将疑地点开一个新闻网站，上面一条超大字体的头条：熊猫册册已被警方控制逮捕。

我立刻点进去一看，居然还有视频。

视频始终很卡顿，下面显示同时观看人数达到了一百三十多万，服务器负荷巨大。我暂停视频缓冲了一会儿，等我把游戏攻略都看完，还玩了几十局扫雷后，视频才缓冲完毕。

画面上最先出现的是一个很平常的动物园。动物园里有一只熊猫在地上滚来滚去，从石板上滚到了一旁的竹林里，又从竹林滚到了水里，看样子再一滚就到食盆处了。

竹林里不断地冒出人影，他们悄无声息地将熊猫包围，原来之前他们都穿着迷彩服伪装成草丛的样子，我竟没有发现。打头的两人各拿一个防爆叉直接锁向熊猫脖颈，看样子捕捉熊猫已经是手到擒来。

即将触碰到熊猫的一瞬间情景突变，熊猫的头往后一仰，单手抓住一个防爆叉卡住另一个防爆叉用力一带，两个手持防爆叉的人立刻仰面倒地。

原本看似憨厚的熊猫突然直立起来，它从地上捡起两根竹子，横在胸前，屈膝警惕。

后面有一人拿着扩音器喊："熊猫册册，你已经被包围了！放弃抵抗，放弃抵抗，放下武器自首，坦白从宽，抗拒从……"

话还未完，一根飞来的竹子将他的扩音机射爆。

册册已经和一群捕捉者激战起来，它再度恢复成双棍形态，看似肥胖的身体却不断扭转腾挪，两根竹子不断击中敌人的肩肘胸腹，它一双棍子竟然立刻击退了五六人的围攻。

不过专业士兵的加入让局势瞬间逆转，很快册册就被堵在角落，它丢下竹棍，双爪高举，大家总算松了口气，一名士兵小心翼翼地去将它铐上手铐，在手铐触碰到的一瞬间册册以惊人的反应速度将士兵反手一拉，熊爪卡在士兵脖子上。

“不要逼我！给我准备飞船！我给你们五分钟！”熊猫册册吼出的普通话字正腔圆，毫无任何地域方言腔调。

然后，它突然软软地倒了下去。

众人一拥而上将册册抓捕归案，视频到此结束。

我看下面评论里有知名媒体解读，说册册被远处的狙击手用强效镇定剂击中。熊猫册册由于袭警和故意伤害他人罪已经被起诉，保守估计要坐牢一到三年。

高尚看向我：“怎么样，你觉不觉得很古怪？”

“当然怪了，熊猫怎么学会了双节棍，看样子还很厉害，动物园还有这种课程吗？”前台孙倪睁大眼好奇道。

“它不说四川话，册册是四川熊猫，很可疑。”老戴也发表了高见。

高尚摇摇头：“关键是，它居然是间谍，不知道背后已经卖出了我国多少机密……想想看，我国国宝居然是间谍，你们不觉得可怕吗？”

我不知该说什么好，大家的关注点完全不一样，一只熊猫居然被强行被捕，反抗的话还要坐牢，这原本就是不正常的。但转念一想，册册原本住在动物园里也和坐牢差不多，不过是换成窄一点的动物园而已。

2

关于“熊猫册册被捕一事”引起了社会各界的高度关注。

最先站出来的是动物保护协会，他们坚持让警察放册册，因为人类的法律并不适用于动物，而且熊猫更是动物中的珍稀者，如果人类法律连熊猫也容不下，那么他们的猫狗也将面临着随时随地可能被警察闯入家里逮捕并且坐牢的恐惧。

他们在街上大规模游行，打出了“熊猫册册，动物界的切格瓦拉”的口号。

切格瓦拉一直没有屈服，这一点册册和他一样。根据官方公布的后续进程以及各方媒体跟进，册册面对警方的审问从头至尾只说一句话：“我要律师，我要律师。”

最终熊猫册册的辩护由德高望重的贾律师担任，贾律师擅长打刑事官司，对行政司法领域也颇有威望。他让律所发布了一条最新的申明，得体又谨慎地表示：自己一定会为了这次史无前例的“熊猫袭警案”全力以赴。

这样，有人自然会想到：为什么会有警察去逮捕熊猫册册？难道说历史悠久的熊猫群体蕴含着某种阴谋？

尤其是在官方并没有发布相关解释前，稀奇古怪的猜测层出不穷。

有认为熊猫册册根本不是熊猫，只是一头奇怪的熊，将自己的毛染成熊猫的样子，欺诈儿童和游客，是严重的经济诈骗，这部分人的观点支持在于熊猫册册身上的毛脏兮兮灰扑扑的，和宣传照片上的熊猫严重不符。而且册册似乎并不喜欢吃竹子，它更喜欢吃蜂蜜和奶油布丁，这完全不是熊猫的正常食谱。

种种猜测，渐渐演变成一项“全民猜猜猜”综艺，娱乐界从不置身事外。《功夫熊猫特别篇：代号竹计划》的宣传片悄然发布，影片中册册在竹林激战强敌以一敌十的画面被加上特效再次演绎出来，看得人热血沸腾。

最后册册在被抓捕时喊出了撕心裂肺的两个字：自由！

据说影视公司已经从贾律师那里间接获得了册册的授权，以册册为原型的原创角色“功夫熊猫”开始风靡各大网络。熊猫册册的周边产品也覆盖了各大商场，原本以可爱乖巧形象吸引小朋友的娃娃之中多了一只威风凛凛的双手持竹棍熊猫。熊猫册册正在变成大家的宠儿。

整个事件朝着一个不可预知的方向慢慢转进。

不晓得是官方看这个架势越来越歪，还是正常程序就是要走这么久，声明在逮捕册册的一个月后总算出来。

在名为《关于执行逮捕熊猫“册册”事宜的公开信息告示》里，官方发出了一条惊爆眼球的重磅消息。

经过秘密警员长期收集情报和追踪下，确定以下情况：

熊猫册册是伪装成熊猫形态的可疑人物，疑是某星球间谍；

册册利用自己熊猫的特殊身份在动物园煽动、诋毁、蛊惑动物们参与攻击饲养员、绝食，并且尝试发起动物园暴动的恶劣行为。

除此之外，其他情况也正在后续调查中，请大家不要相信非正规途径的信息，保持冷静。

熊猫册册，竟是间谍！

3

公告发布的第三日，《功夫熊猫特别篇之二：间谍风云》概念片登录网络。在短短三十五秒的预告片中，化身华丽间谍的熊猫专员游走于各类场合：赌场、慈善晚会、荒漠、海上、荒岛、飞机，到处都有他的影子出没。最后一帧的画面是一只身着西装，手持手枪的帅气熊猫。

《碟中谍35》的导演在社交网络上愤怒谴责“功夫熊猫”导演这种蹭热度的无耻行为，说他毫无职业道德可言。业内却有人爆料说《碟中谍35》的大多数主要剧情恰好和《间谍风云》相似，只是主角是一头环尾狐猴，为此《碟中谍35》的票房损失惨重。

有了警方认证的间谍身份，熊猫册册反而人气暴涨，霸占了各大新闻的头条。事情发展到这一步已经超出太多人的预期。

作为围观群众之一，我和其他人一样每天追剧般地等待册册的后续新闻，没想到等到的却是自己的消息。

“马季来我办公室一趟。”苏老板打电话叫我。

我被老板骂了一通，可才走出她办公室电话就再次响起，我心说没这么倒霉吧，今天双黄蛋？

来电显示的却是一个陌生号码。看在没有被识别为“骚扰”和“推销”的标识，我接了起来。

“马季，那个熊猫和你有关系，册册。”

对方的话说得前言不搭后语，让我听不懂。听不懂的时候我一般会选择挂掉电话，但在最后时刻我终于听出了对方是谁。

“塞小姐？”我试探地问道。

女杀手平静道：“册册和你有关系，我很确定。”

自从上次赵无钱栽在了大妈大叔手里后，塞壬就仿佛消失了一样。我还以为她潜伏在某个海鲜市场，熟练地给人选鱼捉虾，等到目标人物出现，便会从水池里摸出一条鱼，对准对方“噗噗”两声。待目标猝不及防地死掉，塞壬便提着一袋鱼如同一个寻常买家般，从海鲜市场消失。

听了我的猜测，塞壬迟疑了一会儿：“我最近在游泳班打工。”

上份在海鲜市场的工作已经被塞壬弄砸了，原因是她摸鱼的手法太过于熟练，让老板十分害怕，一个人怎么可能对鱼这么熟练！那些鱼每次看到塞壬就齐刷刷游向她，如同万佛朝宗一般。

老板无法解释，怀疑她是用了什么方法催眠了自己的鱼，于是将她辞退，选择了一个笨手笨脚的男人接替他。每天骂着对方，老板反而很放心。

“我不知道为什么。”塞壬语气有些惆怅。

我知道。

看看我们苏老板就晓得了，作为员工可不能太优秀，你那么优秀干吗？是觊觎老板的位置，还是准备带着其他人跳槽？所以别看我每天被苏老板骂，但我确实是她最信任的狗腿子，老戴却是苏老板十分担忧的人物。不能训斥，又无法拉近彼此的距离，她不得不旁敲侧击地让我去关注老戴的近况，随时汇报给她。

我想要回到正题上来，塞壬却不想。

她陷入了一个“为什么”的怪圈，自从赵无钱这个她豁出性命也无法刺杀、被她看成是最大目标的反派，被一些看似毫不起眼的人给送进监狱后，塞壬就变得喜欢思考人生。为什么自己会被辞退？为什么小马不是小马？为什么大家都要去相亲……

她陷入为什么的怪圈里唉声叹气，多愁善感。我只好说：“夏天的水果冰不错的，我请你喝。”

塞壬总算从怪圈里挣脱出来，以松了口气的语气说：“好吧。”

她吃着水果炒冰总算冷静了下来，变回了之前那个冷酷女杀手。

塞壬瞥了一眼正在用木勺子炒冰的老板娘，赞叹道：“那个女人的手很有力，而且节奏掌握精准，很有杀手潜质。”

老板娘和她目光相触，俩人凝视了两秒，前者露出了一个笑容：“姑娘，要不要试一试柠檬冰，最近很多人喜欢的。”

塞壬说“来一份”。

她扭头低声对我说：“她是我们同行，应该是退休或者转行了。”

我心想杀手这个职业还真惨，之前伪装成我的小马失踪；塞壬去刺杀赵无钱可每次都是她自己被刺得吐血；眼前又多了一个卖炒冰的大姐。看来杀手的确是一个高风险、高失业率的职业，难怪现在都看不到什么杀手了。

“你说册册和我有什么关系？”我问她。

塞壬吃光炒冰，放下杯子：“之前我一直认为是自己看错了，小马不过是伪装成了和你一模一样的人，也就是整容成你的样子，便于后面撤退。现在我才明白不是那样的，小马之前是住进了你的身体之中。”

“在一段时间内，你就是小马。”塞壬认真地说。

4

在宇宙之中有一个奇特的种族叫作电波人，他们一族没有具体形态，借助电波为媒介四处游荡。如果有一天你听到耳边有人对你说话，但你却看不见，那可能就是电波人。

早年电波人经常在各个星球出没，但由于他们经常蛊惑人心并且难以捕捉，被TIA（星际联盟）要求必须以固定生物形态出现。电波人当然不会同意，于是被禁止靠近TIA所联盟组成的星球领域，一旦发现就会被逮捕驱逐，重则监禁坐牢。

电波人如今只能在暗处行动，由于它们本身特性的缘故，过着游牧民一般的冒险生活。现在电波人越来越少了，跟错了电波就相当于坐上了进入黑洞的死亡列车。

“册册是电波人，”塞壬十分肯定道，“业内已经基本认定了。”

她所说的业内当然就是杀手行业和附带兄弟产业，总之就是灰色产业从业者。

熊猫册册被电波人上身。虽然明面上扮成熊猫，装傻充愣，暗地里却做着各种让人费解的举动。

“之前你的状况和册册是一样的，”塞壬用纸巾擦了擦嘴，“有电波人借用了你的身体，所以这一年内你就没有了记忆。”

说到这里她补充说：“但电波人也没法强行占据躯体，必须和原身体的主人达成一致的电波，要做到这一点必须先得到对方的许可。”

“熊猫册册是愿意被电波人占据身体的？”我有些意外。

没过几天，官方再次增补了后续内容。审问调查之后确定了熊猫册册为附着在大熊猫身上的电波人，自称“春风”。

春风声称自己是来地球观光旅游的， 和大熊猫册册一见如故，所以暂时栖息在它身上。电波人只有一年之后才能够更改宿主，所以他在这一年里，相当于被动物园关了起来，这让生性自由的电波人十分不满，故而才有了几次“越狱”的插曲。

春风否认自己有蛊惑、暴动的行为，认为自己不过是寻找自由的合法试探，是友好而善意的，绝没有危害别人。

法院方出于谨慎考虑，选择现场直播法庭实录，让每一个公民都能够看到这一场颇受争议的大案。

高尚这人就喜欢凑热闹。这天说外面有一客户特别难缠，需要我这个不怕骂的人物帮忙搞定。苏老板也没有追究，前不久高尚才拿下了一个不小的单子，还是要给高尚一点面子的。

他拉我去了法院，法院里有直播厅，还有法官坐席，如果你对当天直播的案子有什么疑虑还可以请教法官，也算是一项普法活动。

我们去的时候里面已经坐满了人，我和高尚只能站着看。更让人郁闷的是传输线路出了问题，技术人员忙得满头大汗，观众等得很不耐烦。

过了许久，画面终于恢复了正常。

检方证人上台，是一个很普通的男人，看着有几分怯懦，不太敢看镜头。

“我叫陈建，是动物园的工作人员……当时我看到熊猫册册表现出的举动很怪。”说到这里他露出几分迟疑的神色，“它不断地尝试对其他动物呼叫，平时又装作没问题一样。”

辩方律师提出异议，认为陈建所说并不可信。众所周知，动物园的工作人员工作时间极其规律，陈建虽然是熊猫饲养员之一，但是他并不照顾册册。再者，陈建工作繁忙，与册册在不同的园区，并且他下班后就早早离开，这是陈建同事可以作证的。故而陈建根本不可能如他所说的“细致观察”。

听到律师驳斥，陈建沉默了很久，拇指不断刮着食指，紧张又不安。他双肩耷拉，似乎在躲避镜头和他人目光的捕捉。

高尚低声道：“这哥们看起来也不像是作伪证的人，怎么想的？”

我摇摇头，人性很难讲清楚，一个人好或不好，和他做与不做没有必然联系。

陈建抬起头，仿佛下定决心般说道：“因为我在动物园还有另外一份工作。”他似乎很难说出口，嘴唇动了几次才低声道：“当动物园的模特。”

“动物园模特又是什么工作？”法官发问，“请证人解释一下。”

我和高尚面面相觑，动物园没看到有什么模特啊，陈建该不会是紧张地胡说八道了吧？法庭里的观众也微微有些躁动。

陈建反而放松下来：“模特是我们内部说法，其实就是扮演动物。”

观众一阵哗然。

“动物园其实有很多意外，比如动物们会患上厌食症或其他疾病，所以必须定期体检，还会经历繁殖期、忧郁期、狂躁期、叛逆期……饲养动物和养一个小孩差不多。”他语速很快，谈及自己的专业显得自信了许多：“所以，其实外界看到的并不都是真的动物，以前用过常见动物替代一些出状况的动物的办法，比如说猫狗之类。后来发现这样很容易被识破，就换成‘模特’，就是人类穿上一层仿真毛皮，躺在某个地方。只要不怎么动，就不会露馅。”

高尚听完愤怒地一拳砸在了桌子上，杯里的水差点溅到我的脸上。

“上次和妹子去动物园，她老说猴子里有一个是人假扮的，为此我还和她大吵了一架，觉得她是神经病。老马，她身材超棒的我给你讲，我的姻缘就这样被动物园的骗子给毁了。”

我边擦着脸边安慰他说：“不要紧，天下身材超棒的人还很多，少了这一个，你也多了一个选择不是？”

高尚这人根本不缺女伴，他只是喜欢不断狩猎的快感，睡醒之后便穿上衣服跑路。他虽然是个不错的朋友，但我也绝不否认，他的确是一个感情败类。

动物园模特的爆料引起了轩然大波，消费者们对动物园进行了愤怒地谴责，认为动物园的这种行为是在欺骗消费者。植物园也连带受到了质疑，认为其摆放的是假植物，因为里面的虫子并不多，还不允许观光游客触摸，肯定有假。

植物园管理方倒是脾气火暴，直接以“天气炎热不便管理”为由提升了门票价格。这下子反而没人质疑了，毕竟一分钱一分货，植物园肯定是真的，一点不心虚。

5

电波人春风虽然被证人陈建指认，但并没有其他证据能够提供证据链，并且由于陈建是通过富有“争议”的方式获得消息，这其中的准确与否值得商榷。根据我国法律“疑罪从无”的情况，电波人春风最多有一个干扰动物园正常运行的行为，间谍罪难以判定。

高尚和我打赌，说检察院方绝不会那么愚蠢，肯定还有后招，只是不到关键时刻不愿意丢出来而已。

恰如他所说，第二、第三、第四位证人都相继出席了法庭。只是他们身份较为特殊，让我第一眼看到时还觉得是自己眼花看错。

一头威猛的雄狮蹲在证人席上，神色沉着，冲镜头还摆了个米高梅电影公司经典的狮吼造型。

“肃静。”法官表示，“请证人冷静。”

狮子点点头，舔了舔舌头：“抱歉，法官大人，我有点紧张，这是我第一次在这么公开场所说话。大家好，我是在明星动物园一号园区的狮子辛巴，最近园内在进行最受欢迎的猛兽投票，请大家记得给我投票。”

法官不满道：“请证人不要在法庭拉票。”

辛巴低头：“口误，口误。”

“检方证人请陈述。”

狮子辛巴看向熊猫册册：“我首先要说明一下，有很多人不知道一个情况：其实动物园的动物，像我们这样的基本上都算是高学历。只有学会中英双语、四六级听力分数及格、普通奥数能够达到平均线，才能够被动物园聘为客座动物标兵。嗯，明星动物园在动物园里算是排行前十，所以我们也算是高才生了。”

它看着目瞪口呆的众人，对这个反应十分满意：“容我再说一句。当初我是以明星动物园最高双语综合分、第一智力分的成绩录用的，同时我是专业棋手九段。当然，眼下我不得不站出来，打破我们业界一向坚持的‘不和陌生人说话’的规则。罪魁祸首就是眼前这只熊猫，不，是它身体里那个家伙，它在动物园给我们造成了巨大困扰。”

辛巴用爪子指向斜对面的熊猫册册，眼神严肃：“动物园闭园之后，各园区的大门都会打开，这时候就是大家的下班时间。下班后熊猫册册一直行动诡异，它甚至组建了一个小团体，叫兄弟会。”

说到“兄弟会”三个字时辛巴露出了轻蔑的眼神：“说是兄弟会，实际上就是以它自己为核心的一个小团体，有几位参与其中，后来都相继脱离。我再说明一下，能够进入动物园的动物绝对是各种族的精锐。各位想想，普通人能够得到一份吃穿住全包、医保社保毫无压力，连婚配也有人精心帮你计划的工作吗？拥有这种福利谁还会想要跳槽，或者给东家添堵呢？”

我一想还真是，以前只是没有从这个角度来思考，看来我完全不如动物园的“精英们”。可笑的是我还以为是自己去看望它们，却从未想过是它们在安慰生活艰难的我们。

想到这里，我不免丧气。

“兄弟会破产之后，册册就开始到处搞串联，试图破坏原本动物园内相对融洽的社区生活。”辛巴愤怒得狮毛膨胀，“它找到过我，试图说服我和它一起去发起暴动，还撬动栅栏，记录饲养员的时间。我可不傻，犯不着冒着丢了一份编制内工作的风险去和他瞎搞。以上就是我所知道的全部情况，法官大人。”

第二位登场的是一头梅花鹿，它的脖子上系了一根白色丝巾，骄傲又优雅。

“法官大人，我叫雪莉，你们可以叫我雪莉小姐。”梅花鹿小姐咬字清晰，“关于熊猫册册，它曾经找我建立了兄弟会。但是，它时刻表现出对女性的轻蔑和嘲笑，这也是最后我选择退出了兄弟会的原因之一。不过最关键的是，它很危险。”

雪莉看了看攥紧爪子的册册：“兄弟会才成立，它就提出了第一个目标，或者说是任务。它要在动物园煽动大家进行绝食抗议，抗议的目的是要让园方允许我们共享整个动物园。”

她轻轻哼了一声，听起来却并不让人讨厌：“看似是争取更大限度的自由，其实反而是互相侵占各自的私人空间，这样一来，大家的矛盾便会进一步激化，被它的极端思想添油加火。这种并不高明的手段很可笑，被我当众驳斥后，它有些下不来台。”

“然后，此人采取了一个让我无法相信的方式进行报复。”雪莉声音变得强硬起来，“它趁着下班在鹿苑水源里投下了原本用来治疗肠炎和胃部问题的药，健康的动物服用会引起腹泻，严重者甚至会导致脱肛。”

鹿小姐的话引起了现场哗然。

她轻轻道：“不仅如此，它还在角落偷袭我，用竹棍将我敲晕，要不是有仗义者相助，我可能就性命不保了。现代社会，动物园里居然还有人采取暴力手段，这让我很震惊。这件事发生后我一直在呼吁：动物们也需要保护，希望外界能够理解，给我们增派动物警察。对于册册，不管他是电波人还是熊猫，我都希望法律能够对这样的危险分子给予制裁，这也是所有动物园成员的心声。”

最后一个上场的也是熊猫，叫作天保，它和册册同年，住在同一个园区。

天保坐在证人席上，浑身透出一种深沉的内敛。它双目下垂，恍若一个老僧在入定，熊猫的可爱外形之下是一个沉默的灵魂。

它望了册册一眼，缓缓开口："册册是我的室友。它变化很大，以前册册是一个很活泼的熊猫，它擅长的是泰拳而不是棍术。去年某一天，它一下子变得不再说话，看任何人的眼神都带着警惕。我本来以为这只是它的一种性格变化，没想到它会袭击雪莉，所以我不得不出手。"

原来阻止册册的是天保。

"我文化素质分并不高，但我从小练习太极，是通过武术特长生的渠道进入明星动物园的。册册被我阻止后很生气，我发现它完全变了，已经不是以前的册册了。"

天保叹了口气，双眼透着悲凉，"我希望原来的册册能够回来。我和它住在一起，可以确定雪莉、辛巴和饲养员陈建的证词都没有问题。上天有好生之德，大地有载物之厚，希望法官能够给它一个机会。"

天保的真诚宽厚赢得了全场的掌声。

最终电波人被TIA专业人士从册册身体里解析了出来，并被判处三年有期徒刑。

电波人春风的监狱是一个铅块，里面有金属网和导电橡胶构建成的迷你复杂监狱。这个监狱会被发射进入太空深处，在星海中遨游三年后打开，恢复电波人的自由，同时也让他远远离开地球。

外界对动物园的真实情况持褒贬不一的态度。

有些人认为这是一场欺骗所有人的大型真人秀，愚弄大众，依靠"卖傻"博取关注点；也有些人赞美动物园每一个成员的责任感与正义感，认为这才是大众精英在面对社会困难时应该有的态度。

热点的形成给明星动物园增加了流量，现在的明星动物园已经变成了真正名流出没的场所。

“学霸”辛巴和职业棋手们在虎区对弈，沉静若水。鹿小姐雪莉开了一个名媛社交班，每天给班里的小姑娘们充电。天保也终于可以放心地在竹林里打太极，还时不时地与擅长泰拳的册册互相切磋一番。册册终于恢复了往日的笑脸，并变成了动物园里新一代的招牌动物。

更多的精英动物们还与人类歌手、艺术家和运动员们互相交流经验，由此诞生了不少“跨界”品牌，并合作了演出、服装、广告代言等活动，将动物们积极睿智的一面传递到了更多人的眼里。

唯一尚存的疑问是，册册为什么会让电波人春风进入自己的身体？

不久之后，册册本人在一次采访中终于道出了原因：“那天中午的西红柿太酸，让我牙齿很痛。”

主持人问：“就这样？”

册册笑得很开朗：“就这样，有时候很小的一件事就会造成大麻烦，尤其像我们那样的职业，所以不得不切换成两个不同的角色，不是吗？给大家透露一下，这件事我会在日后出版的自传中进行更详细的描述，请大家记得关注。”

就这样，我与可能曾是小马身份的电波人失之交臂了。

我偶尔会去动物园看看册册。它在那里永远是中心焦点，关于它的话题一直不断。它的坦诚，它的争议，以及它标志性的灿烂笑容，让它成了动物园的娱乐家。

身旁的塞壬撞了我一下，“走了，你还要看它多久？”

我望着正比着大拇指和两个小粉丝合照的熊猫册册，脑子里不禁产生了一个大胆的想法：

它是册册吗？春风真的走了吗？我们现在看到的册册，会不会是它体内另一个电波人扮演的？这一切会不会如同之前的动物园一般，只是某个人设计出来的庞大而精密的秀场？

我摇摇头，自己又在胡思乱想了。

熊猫册册朝我露出一个明星范儿十足的笑容，标准到无可挑剔。

8 三十而立

艾提斯人

特　　征： 艾提斯人都有一个生理周期，每过一个周期性别就会扭转，从男人变成女人，从女人变成男人，周期一般为三到五年。由于他们总是在男女身份之间互相转换，所以很能洞察人心。

职业选择： 外交官，社交活动者。

爱　　好： 享受与人博弈、征服对方的快感。

1

苏老板从外面回来时，整个办公室的温度都降了下来，她看了我一眼，“马季来我办公室一下。”

进去之后我发现苏软玉今天很平静，不同以往那种宣泄情绪似的暴躁。她用手捏着一个橡胶球，这是苏老板的一个肢体语言，说明情绪发泄已经解决不了问题。

我心里有些发毛，看来这次真的得走人了。其实我也知道，自己在公司里好像没什么作用。我既不能如同前台的龙舌兰小姐一样，给公司做形象大使；也没能像高尚一样给公司创造实际利益；关于公司内部人际处理上又是些没有什么技术含量的活儿，无非是替领导下达一些消息，没法子如同老戴那样做出可以看得见、计算得出来的程序。

想想我的确是没什么用处，这一点让我更难过了。

“马季，我一直觉得你对公司具有很重要的影响。”苏老板继续捏着橡胶球，说话十分谨慎，“虽然你做的事情看起来很简单，好像任何一个人都能做一样，当然事实上也差不多。但你心理素质够硬，又能够协调好公司内部的人际关系，这是难能可贵的。”

这一句难得的表扬对苏老板来说已经很不容易了。

“公司这几年一直发展得磕磕碰碰，但也算是慢慢上了正轨。以前我总是花太多时间在对外的事情上，缺乏对你的关心和理解，这让我很过意不去。”

苏老板居然说这种话，我感觉自己已经没救了。作为HR我很清楚，老板在请你和炒你的时候最客气。其他时候老板看任何员工内心就三个定位：吃白饭的、苦力和“刺头”。我是属于吃白饭的，我们公司苦力只有一个老戴，高尚算半个，另一半是“刺头”，苏老板面对吃白饭的犯不着给好脸色。

“我知道很多时候我的工作方式还是有问题的，难为你了。”她将手里的橡胶球捏扁，估计很努力才说出来这么违心的话。

我深吸一口气，决定不让她再为难了，“我能承受，苏总，您直说。”

她的脸色立马轻松了起来，“其实也简单，我一直觉得你是一个可造之材，所以我有一个想法，想请你今晚和我一起去参加一个晚宴。”

“我，晚宴？”我听得有些懵。

“对，穿得干净整齐一点，回去洗澡换衣服吧，七点钟我开车去接你。”苏老板将弹力球丢进抽屉里，打开电脑说：“今天你就先下班，具体的到时候我给你讲。”

晚上，苏老板开车把我带到了一个泳池派对，她指了指里面一个身穿黑色吊带裙的高挑女人，对我说：“这是许一笑小姐，我们的大客户，今年我们公司的营业额就靠她了。”

许小姐看到我们，笑盈盈地走过来，“苏总，马先生。”

她居然知道我的名字，让我十分意外，但我又不好询问，只好笑着回应说：“许小姐好。”

“我过去一趟。”苏老板看到了一个熟人，拍了拍我的后背，意思是让我见机行事。

许小姐却没有走，她上下看了看我，“马先生不记得我了？今年贵公司年会上，你还给我指路来着。”

我在脑子里飞速回忆。

年会时我负责记账和看场子，根本没吃到什么，就记得有几个老板朋友过来捧场，但印象都不怎么深刻。让我印象深刻的反而是苏软玉的那位掘墓星追求者麦机智，他高高兴兴地来，十分郁闷地回去，是唯一一个被苏老板赶走的外宾。

“卫生间啊，”许小姐提醒说，“鞋子。”

我恍然大悟：“记起来了！”

当时我去上厕所，有个小姐在我即将进入男厕时拉住了我，让我帮忙看看里面有没有人。她出来后高跟鞋跟断了，我找了双原本用来做舞台道具的拖鞋给她，开玩笑说：“小姐快走，十二点钟过后南瓜车就消失啦。”

当时我已经累得像一条狗，清点物料清得眼睛都花了，也没有记住她到底长什么样。

许小姐很喜欢笑，她的笑容很舒服，感染力很强，让我也忍不住跟着一起笑。不像苏老板笑起来却让人感觉是冷笑，背后必有阴谋。

“自我介绍一下，许一笑。”

许一笑身材高挑，黑色长裙更显身姿婀娜，锁骨纤细又并不过于突兀。她的五官更偏向于欧美女性的立体，笑容爽朗大方，双眼中不乏风情。

她对我伸出手，右手食指上戴着一枚极简风格的银戒指。我和她握了握手，她“咦”了一声，仔细摸了摸我的手指。

“马先生，你的手蛮好看的，”许一笑眨了眨眼，“你玩乐器吗？”

我想了想，“偶尔。”

玩“吉他英雄”应该也算玩音乐吧?

2

“许一笑是我们公司今年的头号客户，我想你懂我的意思。”苏软玉停下车，却并没有下去的意思，对坐在副驾驶位置上的我使了一个眼色。

我摇摇头。

“直接点说，我需要你搞定她。”

我立刻摆手，“搞不起，搞不起。”

如果说让我和谁聊聊天、一起喝个下午茶，甚至去帮个忙打个杂，那没问题，这些都是我擅长的。但让我去拉单子，而且还是许一笑那种级别的女人，我这种人怎么可能搞定她。

“我懂你的想法。”苏软玉摸出电子烟吸了一口，“我也觉得奇怪，不知道许一笑为什么会看上你。没办法，萝卜青菜各有所爱。”

她看向我，“给你直说吧，我找她谈合同时许一笑说‘马季怎么样，你反正很忙，让他来找我吧，我和他谈’。”

我有些诚惶诚恐，“肯定是开玩笑。”

“对啊，我也这么认为。”苏老板叹了口气，“她就看中眼了，你知道许一笑以前的男朋友都是些什么人物吗？”

她报了几个名字，包括当红主持人、演员、年轻学者、车手，这阵容不禁让人咋舌。

“所以你千万不要当真，她应该就是找你玩玩。你知道人一直吃某种口味的菜难免会腻味，吃惯了山珍海味，偶尔来一碗忆苦饭也不错。”

话虽难听，但我认为没错。

末了，苏老板一再强调：千万顺着许一笑，她这人特看眼缘，眼缘好咱们就是朋友，朋友之间万事好讲，但要是一上来就谈生意利益，那就没情面可讲。

“马季，我们公司今年的奖金是多，是少，还是没有，就在你了。”苏老板若有所指，“一切相关出行记得拿发票找我报账。”

“赶鸭子上架”，说的就是我了。

我从苏老板那里拿到了关于许一笑的基本信息。许一笑今年二十九岁，来自一个叫作艾提斯的小星球。艾提斯人都是男帅女靓，在星际联盟中以“艺术细胞充沛”并且盛产社交家而闻名。她今年正式以某巨头集团下属子公司代理人的身份进入地球，发展地球业务，名气渐渐响亮，一方面是她年轻有为并且精明睿智，另一方面是她常换男伴，多位青年才俊被她选中之后又像是对待过季衣服一样被抛弃。

照片上许一笑对镜头正笑着，裸橙色嘴唇微微张开露出洁白整齐的牙齿，她用手稍微遮挡在面部，笑意之下她的一切却仿佛藏在迷雾之中。

如此角色决不能随便下手，她哪种花样没见过，我还是不要在她面前班门弄斧了。

正当我犹豫不前时，许一笑打电话过来：“马季，有空吗？”

我慌忙道：“抱歉，今天很忙，你有事吗……”

“那正好，我恰好路过你们公司，上来看看。”

我抬起头，看到她在门口朝我晃了晃手指尖。今天许一笑留了丸子头，穿着米色贴身针织衫、牛仔裤和长皮靴，十足邻家大姐姐的打扮。

她从我面前走过，也不知道是无意还是有意，手指在我桌子上轻轻滑过一道弧线，划得我心里痒痒的。

没一会儿她便和里面的苏总道别。

苏总对我说：“马季，你反正没事，去帮许小姐搬搬东西。”

说是搬东西，其实就是许一笑买了很多书，堆满了车子的后备箱。

到了她家，我用小拖车将书打包给她送了上去，然后开始分类，一共一百零三本，类型很杂，从历史记载到宗教文化，从科学界最新论文到时下大热的各种小说都有涉猎。

我建议说：“许小姐，你完全可以直接阅读电子版啊，这样太多了，搬来搬去不方便。”

她点点头，“说得对，但是这些不是我看的。”

我表示不懂。

“是用来装点门面的，给客人看的。”她一点没有不好意思，很是坦白，“虽然我不喜欢看书，但是有很多喜欢读书的人，那这样给大家看看就好。就和我脚上的鞋子一样，我不喜欢它，但是大家都觉得我穿着好看，那也只能忍着让大家高兴了。”

说着她晃了晃脚下的高跟鞋，鞋跟已经和脚跟脱离，只有脚趾还挂着鞋尖。裸色高跟鞋在脚尖上轻轻摇曳，如同一朵被风吹拂的花，让我忍不住老看过去。

许一笑脚踝轻轻一扭，穿回鞋子，“你觉得高跟鞋好看，还是平底鞋？”

“这要看不同的人了。”

“我呢？”

我发自肺腑地说：“都挺好看。”

“说话真好听。”她走到冰箱处拿出两个杯子，倒了一点酒，“马季，你有没有想过换一份工作？”

我顿时精神一振，果然她看中的不是我的美色而是我的能力。苏老板这回可是失算了，人家是来挖墙脚的！

不过我立刻冷静了下来，“许老板家大业大，也不缺我这么个普通人。”

她失望道：“我只是觉得，人一年年变老，还是有些变化比较好……唉，那算了，不要介意。”

慢着，这和业内套路完全不同啊，不应该是互相报价，然后相互砍价，最后握手谈妥吗？我才小小谦虚了一番还没谈价格，她就说“那算了”……

这一晚我彻夜未眠，说不定可以入职大企业走上人生巅峰的路子算是断了。

3

既然到了这一步，我只能向苏老板告密表忠心。

听完她耻笑道：“你也是天真，你以为她是真的要你去他们公司？”

我不服，“那她为什么要那么说？”

苏老板有些犹豫，“我也说不好，只是这事绝对不是你想的那样。别管那些有的没的，快去多约一约，把合同签了怎样都好，懂吗？”

我约了许一笑出来，她到了地点后左右看了看，神色透着好奇：“我还是第一次被人约到这种地方来，会不会痛？”

“不会，但可能会有一点点痒。”

“小鱼吃死皮”一度在温泉里流行过，后被人工器械按摩取代，现在已经很难找了，恰好本市我知道还有一家没有关门。来这里的几乎都是老客人，大家将各自的脚放在一个玻璃缸内，里面的鱼儿游来游去，咬着每一个人的脚。

才脱下高跟鞋把脚放入水里的许一笑抓住我的手背，神色有些害怕，“我最怕痒了。”

“我有办法，”我安慰道，“痒的时候掐一下手就不痒了。”

许小姐转瞬就把兴趣放在了电子菜单上，她用手指在上面来回点，突然吓了一跳，“这些名字……十万伏特，用电击不会出事吗？”

“不会，这是一种微型的宠物电鳗，只会有一点麻麻的；而且它放一次电就会休息一会儿，有的老客户很喜欢。”

作为喜欢这项老式休闲方式的玩家，我给她一一介绍：

“破天一剑——一种鱼，会在脚上留下像是一把剑的印记。

“还未够班——一种特殊的小章鱼，它们会吸附在脚面上吸取脚上的盐分。

“强者逆天——这里难度系数最高的一种鱼。它们会咬腿毛，能够忍耐这种疼痛很了不起……”

由于老板是一个“港漫”疯狂爱好者，取名都是如上述那一类，新客人光是看到名字就被吓走一大半。

“你为什么会选这种地方，你经常约女孩子来这样的地方吗？”许一笑说。

“没有，这还是第一次。”

我原本准备好的说辞都忘光了，只好望向落地窗外。这里是第一百四十四楼，俯瞰的话能够看到大半个商圈，再往前过了街道向前走三百米就是我以前念书的大学。

以前找工作压力很大的时候我就来这里，看着下面的人，就像是双脚所在的玻璃缸内的小鱼儿一样，围着一栋栋粗腿大厦进进出出，努力从上面咬一块收获下来。在那一瞬间，我仿佛从小鱼咬死皮的宿命之中挣脱出来，整个人往上飞起，跃过了水面，跳出了鱼缸，大脑放空，人也慢慢平静下来。

“哎呀呀。”许一笑突然低声轻呼了一声，双脚轻轻动了动。

她似乎想到了我给她说的方法，掐住了手臂，但她掐的是我的。我咬牙强忍着痛，免得被周围的老鱼友笑话。

许一笑双手合十，抱歉地说：“不好意思，我对自己实在下不去手。”

我们互看了一眼，都忍不住笑了。

人本身可爱，做什么事都显得可爱，我对她实在生不起气来。

适应了小鱼的触碰后，许一笑放松了不少，专心地看着菜单：“这个‘天地同寿’是什么？”

“就是一个大缸子，两个人一起用的。里面有一种小虾，小鱼喜欢咬腿，小虾会在脚面上爬来爬去。”

“那我们试试这个。”

天地同寿我也是第一次尝试，只觉得水里的小鱼小虾多了一倍有余。它们在我的腿上爬来爬去，还像指甲一样在皮肤上面轻轻刮动，挠得我痒痒的，感觉又酥又麻。

慢慢地，我觉得这痒得不对劲。我看向许一笑，她若无其事地打着电话，眼神冷淡，一本正经地说着商业计划，脚尖却变成了一条很不老实的小鱼，在我的腿上游来游去。

我满脑子都是许一笑晃着挂在脚尖的高跟鞋的样子。

痛苦又快乐，难过却又满怀希望，让人幸福又甜蜜。

41

一连几天，每次我给许一笑打电话，她都显得很疲倦，似乎没有任何兴致，让我失望又忐忑。

感情大师高尚一下子出现在我面前，“老马，你被那个妖女给抓了魂儿去了？”

我已经没有力气和他纠缠，闷声说：“没事。”

他咧嘴一笑，“许一笑，许小姐对吧？我可看到了，你从她车里出来，她那眼睛都要滴出水来啦，你跟那儿笑得一朵花儿似的，还说没有关系？”

“但是！”高尚神色一凛，“马季你摊上大事了。我已经找哥们打听过了，艾提斯人内部是不提倡通婚的，你知不知道他们是怎么繁衍下一代？走婚。”

他啧啧道：“结婚之后就一拍两散，他们结婚只是为了履行义务生个孩子而已。他们对养育孩子毫无兴趣，并且从不认为养育、教育下一代是自己的责任，生完后几乎都丢进福利院，据说他们不会告诉孩子父母是谁。”

他压低声调说：“不要迷恋她了，回头是岸。”

几天之后，我总算慢慢调整了过来。可就在这个关头，许一笑却打来电话：“帮我一个忙，送辰辰去医院，我回不去。你去我家帮我喂她吃药。”

“辰辰？”

许一笑焦急道：“我女儿。”

我只觉得晴天霹雳，她竟然已经结了婚。

她补充道：“是一只松鼠。”

真有爱心，高尚这家伙果然不可靠。

好不容易将松鼠辰辰送到了宠物医院，医生很严肃地告诉我：“这是忧郁症，是缺少陪伴引发的，你们一定要重视！”

许一笑匆匆赶来时显得很疲惫，她眼圈发青，嘴唇都有些干裂，“对不起，马季，我最近出了点事……”

她一个很好的朋友去世了，很多艾提斯人都去悼念。那位去世的朋友孑然一身，许一笑做主为她处理的后事，忙得不可开交。

“难产。”说道这个词，许一笑的脸色有些僵硬，“马季，我们家乡的人最怕的就是生产，因为我们的身体结构有些特殊，生产十分困难，死亡率很高……所以，大家都不想生孩子。很多人为了避开艾提斯的生育义务，不惜到其他星球去生活。”

说到这里她睫毛低垂，显出少有的倦怠和虚弱。

“马季，你能帮我照顾下辰辰吗？”她抬起头，小声问。

我点点头。

她露出笑容，“我就知道，在我最需要人帮忙的时候，你一定在。”

明明没有交往，没有认识多久，我却有一种老朋友的错觉。

“靠你睡一会儿。”

我们坐在宠物医院外面的椅子上，她的头枕在了我肩膀上，呼吸声微弱。她太累了，就像在大雨天，一条淋湿的小狗找到了一个可靠的屋檐。

看着地上不断溅起的水花，我望向笼子里的松鼠，它仿佛也嗅到了老朋友的味道，不再垂头丧气，在笼子里活泼地跑来跑去。

一个小时却像才过了一分钟。

她睁开眼，仿佛从我的肩膀上获得了力气，整个人精神起来，用手指逗弄着松鼠。

许一笑看过来，用食指把我下巴撩起，“胡子该刮了，马季。”

她用一种悠然的语气说：“我怕刺，也怕痒。”

我心脏里的弹力球几乎要蹦了出来。

5

许一笑再次陷入了繁忙的工作中。她因为操办葬礼不得不暂停了一些事，眼下必须加快节奏处理。

半个月后，许一笑三十岁生日，恰好又是情人节，她让我去她家一起过。

这次我已经不再像之前那么毛毛躁躁，患得患失了。我们的关系的确没有对外声明过，但实际上我们就是恋人，我对名分什么的没有要求。

吹灭生日蛋糕上的蜡烛，许一笑说："接下来我该做什么？"

"许愿。"

她说："我希望你能和我一直在一起。"

我原本要说"愿望是不应该说出来的"，但立刻反应过来，这对我是一句询问。

我认真地点点头，"我们当然会一直在一起，哪怕不结婚。"

她对这个仪式般的宣言十分看重，双眼看着我，"无论我有什么样的特殊情况，你都会和我在一起，对吧？"

我握住她的手说："当然啊，我不知道有什么东西能把我们分开。"

许一笑热泪盈眶地吹灭了蜡烛。

晚上屋子里黑漆漆的一片，许一笑拉了拉我的手："马季，你不会早上偷偷离开的，对吧？"

我捏了捏她柔软的手指，"肯定不会。"

"你保证。"

"我保证绝不。"

开玩笑，我马季堂堂正人君子一名，怎么会做出高尚那种穿上裤子就跑的流氓行为，肯定要负责任的。

她松了口气，“我想告诉你一件事，之前我不敢说。”

我摸着她光滑的背脊，“不想讲那就别说了。”

她犹豫了下，抱得我更紧了。

梦里我变成了一条小鱼在许一笑的身边游来游去，我奋力地从那群鱼虾之中脱颖而出，跳到了许一笑眼前；她也变成了一条小鱼，和我一起游向远方。

我打着哈欠醒了过来。我向来早睡早起，生物钟的事情改不了。

半梦半醒中，我摸到了不对劲的东西，毛乎乎的，很扎手。我心里一凉，猛地掀开被子，竟然看到一个精壮的男子睡在了床上。

他打了个哈欠，竟然转身继续睡去。

我大脑顿时宕机，没想到许一笑竟然是这么开放的女人，昨晚我们竟然三人同床了？我下意识地摸了摸臀部，确定没什么异样，心里松了口气。

我偷偷踮脚走出卧室，打电话给许一笑，想问清楚到底是什么情况。

没想到却是一个男人接起的电话，“马季，你醒了？”

我心里更是凉透了。完了完了，被高尚那张乌鸦嘴说中了，许一笑只是玩玩！我眼前一黑，感觉既愤怒，又心酸。

“马季，马季？”

身后传来声响，和我睡在一张床上那哥们已经醒了。他身上裹着浴巾，手里拿着许一笑的手机站在我身后。

“你是谁？为什么知道我？”我警惕地后退半步。

“我是许一笑啊。”他眨眨眼，笑容中带着几分熟悉：“你听我解释，是这样的，你别生气，你千万别生气啊。艾提斯人都有一个生理周期，不同人周期不一样，每过一个周期性别就会扭转，从男人变成女人，从女人变成男人，我的周期是三年。马季，也没什么吧？我们当三年哥们，再继续三年夫妻，不是挺好的吗？”

我听得肝胆俱裂，我把你当老婆，你居然当我是哥们！我立刻抓起衣服跑了出去。

一切的一切都清楚了起来。

许一笑说艾提斯人生理结构特殊，生育困难；高尚说艾提斯人很难内部联姻，而且抗拒婚姻和生子；原来都是因为他们这种不断变化的特殊生理周期。

这也是为什么他们总那么善解人意，既能够感同身受地清楚男人的困境，又能够真心理解女人的需要。这样的人，自然能在社交上占据优势地位。

只是，我不能接受。

我奔跑在城市之中，感觉自己的心正在一点点变成碎渣。

突然，我被人拉住了。

是塞壬，她正穿着腰鼓队服装在餐厅门口迎宾，好奇地问我：“你怎么了？被人追杀吗？”

我忍不住抱住她号啕大哭。

塞壬抱着我继续敲鼓。

“咚咚咚——”

“咚咚咚——”

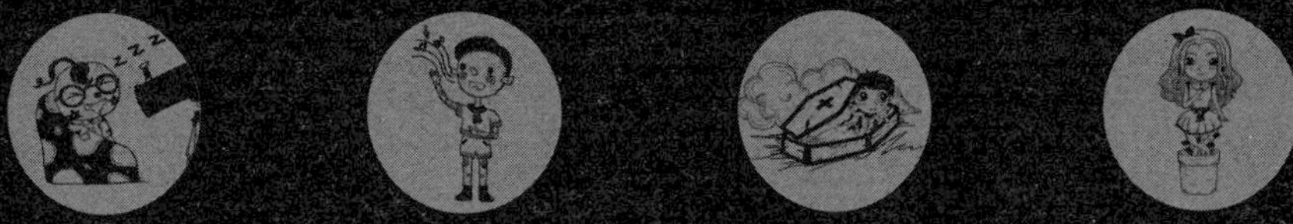

9 一个预言家

希伯特人

特征： 希伯特人中盛产玄学家，是天生的先知、预言家。不过最初他们开启玄学家之路时并不容易，见习玄学家经常被人误解为骗子、流氓、传播迷信和神经病。

职业选择： 玄学家，内外科预言家。

爱好： 旅行，修行。

1

我好不容易才从许一笑的噩梦中醒来。唯一安慰的是，他签了我们公司的单子，不过我总觉得这似乎是一种暗地里的交易。

苏老板对此很满意，让我继续努力。可我觉得还是不努力比较好一点。

“姻缘”这种东西，强求的话实在容易出事。我决定把注意力回到当务之急的事情上来。

断断续续地，我想起了很多过去的事情。

那一年，恰好那一天外星人登陆地球，人才市场里的所有人都对找工作这件事没了兴趣，而我就在那天走丢了。

一年三百多天，并没有什么了不起，而且大多数人一年内也做不了什么惊天动地的大事。但时间也是身体的一部分，那段缺失的记忆，对我来说就像是一张耗尽心力小心拼凑出的巨大拼图突然缺了一块，又像是少了颗门牙，不补上不行。

高尚哼着歌儿从外面回来，将包朝座位上一丢，显然心情不错。

“什么情况？”我警觉道。

“来了一个好玩的。城东散步广场那边，有个希伯特人开了辆大篷车。”

“真的？”

“至少篷车是真的。”高尚耸耸肩，“希伯特人反正就是那样子，长胡子扎个辫子，穿着花花绿绿，没事就弹琵琶和吉他。不过听说挺灵的，我也是被女朋友拉过去才知道。”

我听得心动，瞄了眼老总办公室。苏老板正在和我们公司唯一的骨干——老戴谈什么，她捏着橡胶球，两人之间的气氛有些不对。据说是老戴的身体不舒服，准备请假；但苏老板这个人肯定担心老戴是趁机病辞，毕竟在我们公司的三种员工里，老戴是少有的百分百纯苦力，而且一人顶十个。

我趁机去打电话，透过玻璃门的百叶窗间隙，我看到苏老板不耐烦地接了起来，“什么事？”

“老大，我身体不太舒服，去拿个药。”

“去。”

她说完就挂断了电话。

老实说，我也为自己的坚强心惊。毕竟前不久发生的“许一笑事件”对我的身体和心灵都造成了巨大的创伤，但我却在两天后像没事人一样上班了。

我坐上了高尚的车，他一个加速冲向了主干道。

希伯特人可是大名鼎鼎的智者种族，宇宙中又有两大分支学者体系，除去科学家，还有另一群用另类方式解读世界的人——玄学家。希伯特人中盛产玄学家，是天生的先知、预言家。

对此提出异议的自然是科学家们，未来怎么可以预测呢？这是伪科学。希伯特代表点点头，“我们家乡玄学盛行，玄学和科学是好朋友，只是一个比较严厉，一个比较温和。你们是极端派科学家，我们是温和派玄学家。”

不同于科学家，玄学家很少主动表达观点。他们习惯隐匿起来，更像是心理学家，针对每个人的特殊情况对症下药，没有普遍性和适用性的说法。

希伯特人有一句名言——玄学是洞察每个个体秘密的学问，让我印象深刻。我需要搞清楚自己这一年的秘密，求助于他们或许是一个不错的选择。希伯特人神出鬼没，想要预约几乎是不可能成功的。再者，我也不太相信线上视频的方式，瞄一眼就能够判断别人的命运，总觉得不那么真实。

眼下有这么一个难得的机会，不管怎样我都要试一试。

希伯特人自称“德尼罗”，他的大篷车展开之后变成了一个像是小餐厅的地方，那里有侍者给大家呈上果汁和甜品，大家每人拿着号，尽心等待自己的机会降临。

高尚带我坐了进去，他的眼神左右飘忽，在各路年轻姑娘的大长腿上来回扫，“这里真是好地方。”

对他来说，好地方就是漂亮姑娘多。

预言家、占卜师、玄学家……这些听起来并不可靠的东西往往神奇引人，因它本身的神秘性显得更具魔力。

我注意到了桌子上的标价签，一杯橙汁三十五元，一个小蛋糕五十五元。不由想起了国外某品牌家具，光是通过它自带的餐厅，每年都能盈利十亿元以上……这两者似乎有种相同的套路。

来这边的，大多数都是年轻人。他们三三两两，穿着清凉，正低声交谈着。不时有人进去，又有人拨开帘幕从里面出来。

高尚没一会儿就被客户叫走，说是有急事。

终于快轮到我了，可外面突然“呜呜呜”跑来几辆城管执法车。他们径直地走进帘子后，揪出一个胡子被编成羊角头模样的慌张男人。

城管们告诉他：“你这是占道经营，乱停乱放，而且没有营业执照，这是不允许的。之前已经通知了你几次，但你都没有挪过，现在请和我们走一趟。”

德尼罗在我的眼前被抓走了，距离我的轮次只有两个号而已。我不知道该说幸运还是不幸，只能眼睁睁看着大篷车被一辆装甲车般的拖车拖走。

2

高尚兴奋地找到我说：“马季，德尼罗被放出来了，他又在城南郊区外面摆摊了。晚上去就能看到他。”

下班后我被他送到了城南希伯特人的摊位处，发现那里弄了个红色小帐篷。蜜蜂在周围飞舞，帐篷前面点了某种熏香，德尼罗盘腿坐在地上，闭眼冥想，透出一股得道高人的气质。

今天很幸运不用排队。

高尚说：“预言是不能让其他人看到的，你一个人进去就行。”

我半信半疑地走到德尼罗旁边，这个将胡子扎成两根辫子的男人睁开眼，深邃而晦暗，他看向我，“请进去，我稍后就来。”

帐篷里很简陋，就两张垫子，中间用一个方格棋盘隔开，上面似乎还有一场未结束的黑白五子棋局。旁边放着防蚊灯、睡袋，还有一面挂起来的镜子，吹风机、烫发器、三四把剪子和各种式样的梳子。看到这些，让我感觉像是到了发廊一样。

“那是用来整理胡子的。”德尼罗走进来，在我的对面坐下。

他看起来二十岁出头，胡子乍一看很唬人，其实面目倒是一点都不老成，眼睛充满光彩，嘴角的笑容也并不机械，肌肉线条还很柔和，这是年轻人的脸。

我忍不住问：“胡子打理起来很麻烦吧？”

光是每天刮胡子我都觉得麻烦，而且老是有些地方刮不干净，刮得太狠又会受伤。

“每天要洗。”他指了指自己的胡子，“洗干净后吹干，然后抹上护发素，拉个离子烫，最后再编织胡子的造型，我们希伯特人的标志就是自己的胡子。当然也不是说不能刮胡子，只是如果走到街道上，一看你的胡子，就知道你是希伯特人。今年流行的是尖锐和复古风格，我这是根据天蝎座……”

我们交流了一番关于胡子的经验后，终于开始说起正事。

“你是说，你有一年的记忆全部消失了？”德尼罗用手指撩着羊角胡子的尾端，眉毛抬起，“没有任何预兆，也没有任何连带反应？”

听了我的简述后，他点点头，“明白了，你得去找记忆科。”

“记忆科？”我重复道，“那是什么？”

“就是玄学家中预言家的分类啊。你去过医院吧，那里有内科、外科、骨科、牙科……我们预言家也有这个分类，全科医生很少，全科预言家更是稀少。”

德尼罗严肃道：“术业有专攻，你得去找内科分支中的记忆科，我是外科预言家，没法子帮你解决你的问题。”

“外科？”

他给我简单科普了一下预言家职业。

预言家按照如今大众的需求和职业方向，专精不同学科，当然最大的原因是预言家原本就是天生的，希伯特人生来就有自己擅长的方向，在某一方向上不断研究精进，才能成为预言家。每一个希伯特人都有预言家的天赋，但未必能成为职业预言家，必须经过“希伯特长者鉴定协会”的认证才行。

“职业预言家的成功率是有严格年审的，必须预言成功率在97.3%以上才是拥有职业资格的预言家。”德尼罗不无骄傲地说，“哪一年如果误差高于既定数据，就会进入待审名单，如果第二年、第三年还没有转机，就会失去职业资格证。”

外科预言家和外科医生不一样，针对的是外部事物的预言。比如说，“天气预言”就是外科预言家的一个分支。再比如说，预测一个人是否会撞车的交通预言，也是属于外部事物，算外科预言家的范畴。

与之对应的是内科预言家。内科预言家自然就是对人内部情况的预言，包括疾病预报、生理变化预警，一个男人的身体下滑情况预诊，女人生理周期变化的预测等。再细化还有内科心理预言家、情绪预言家、荷尔蒙方向预言家等。

至于“记忆科”算是特殊科目，是内科预言家分支之一，关于我的记忆障碍症就该找该方向的专业预言家来帮我疏导处理。

我一时间大开眼界，说话也变得小声了许多：“那德尼罗先生，你的擅长方向是？”

“我在外科，目前属于情绪科，擅长的是：预测一个人内衣的情况。”他的眼神一下子犀利起来，“马先生，你的内裤是红色的，带着黑色竖条纹，不知道我说错了没有。”

他露出自豪的神色，“这就是我的专业。”

我不知道该以什么表情面对他。这种预测有个屁用。

见我脸色不对，德尼罗赶紧说：“马先生，你不能小看任何一种预测能力。你想想，任何职业有一开始就是最顶尖的技术吗？医生也不能一毕业就到手术台当主刀医生吧？玄学家也一样，预言家当然也是相同的，我们都有很漫长的成长期……”

眼前这位年轻的德尼罗今年才拿到了职业预言家执业证，在业内前辈们的建议下才来到了人口极多的地球。他准备先旅行一趟，看看地球上哪个城市比较适合自己的职业发展。地球人那么多，“预言”这一行业的需求量应该很大。

可整个过程并不顺利。

首先，对于预言家这个职业，很多人误会很深，老以为等同于先知。玄学家也是要按照基本逻辑法来演绎的，哪能无所不能。

开业后第一个女顾客听到德尼罗说她内衣的样式和花色后，一拳头就把德尼罗击倒，用高跟鞋狠狠踩了他一顿。德尼罗还因此被那个城市的警方逮捕，差点被告猥亵，后来虽然被无罪释放，但德尼罗不得不换了一座城市生活。

在此期间，他也断断续续地学了一些城市的生活常识。

他边说着，边摸出了一本书，“多亏了这本书。”

我一看，书名叫作《外星人地球生存指南》，这本书的作者正是大名鼎鼎的网红主播“辞职兄弟”。由地球人吴教授、观察星人鲁英俊一起合写，描述了在地球上生活的种种难题，还着重讲解了如何在地球上的各国生存。

德尼罗租了一辆大篷车，搞出噱头，开了个小餐厅，并且将自己的预言专业加以包装，对外叫“短期服装潮流预言”。他原本就能预言人的内衣，一般来说，内衣还是和人的性格、审美有着某种联系。

“一个人如果内衣激情似火，外装冷若冰霜，一般都比较压抑；一个人若是‘表里如一’，说明他还是比较重视美学的一致性。只要用心，从一个人的内裤也能看出很多门道。”他对待自己的专业技能十分认真，“不要小看这个能力，内衣能反映一个人的真实面孔。”

末了，德尼罗告诉我，他可以帮我去预约其他的内科预言家。但是由于这个职业的特殊性，有的业内大牛排期很长，所以不一定能找到适合我的预言家。

为此，我付出了一百块的预约费。按照规矩，预约成功之后会再按照时长收费。

我给了，就当买张彩票。

3

两天后我收到德尼罗的短信，说我的预约成了。又过了一天，他告诉我需要延期，因为他正在看守所，还问我能不能过去担保他一下。

我和他完全是萍水相逢，也不知道这个外乡人为什么认为我一定会去，虽然我的确去了。

事后德尼罗才告诉我，“红内裤，正义感强。”

他说我去见他的两次都是“热情似火”。

我由衷感叹：“你真是个人才。”

之所以再次被捕，是因为德尼罗和人类打了一架，准确来说是被人群殴了。一个年轻人的女伴认为德尼罗是臭流氓，侮辱了她。于是她那位还处于荷尔蒙炸弹最强时刻的男伴集结了众多亲朋好友痛殴了德尼罗。

按理说，这么干应该可以上升到国家纠纷、民族问题的巨大矛盾上，地球人绝对不敢怠慢外星友人。但实际上也有一些例外，比如“玄学家”这个饱受争议的群体。更精准一点说，是没有被地球认证就开始到处执业的希伯特预言家们。

民警委婉表示，我作为担保人后，如果德尼罗再造成任何危害社会的事件，我的信用也要为此埋单。我表示理解。

德尼罗有些意外，“我相信你可能很快就会来，只是没想到这么快。你真是一个很不错的朋友。”

其实也没有，只是我的居住证该再次审核了，恰好也在派出所，就顺路一起办理了。

就我个人来讲，并不觉得德尼罗是什么恶人。这是一种奇特的感应力，或许玄学家们能够解释一番。在我眼里，德尼罗和高尚、苏老板、老戴、塞壬一样，有着某种常人难以理解的点，但并不代表他们就不可靠。

正相反，越是和这样的人接触我越发现：有的人与其他人截然相反。并不是他们生来不同，而是在于他们的选择不同。和这样的人接触总是比较有趣。

德尼罗将帐篷折叠后塞进大背包扛在了背上，跟我在一个大排档吃小火锅。

胡子被他套上了一个布套子，两边有一根带子系在脖子后面，他还不怎么会用筷子，两根筷子用得像是一把不断张嘴的剪刀，后来他索性用一支叉子叉肉，倒是吃得开心。

“我一般不吃这么油腻的东西。”德尼罗放下叉子，神色严肃，“作为一个玄学家、专业执业预言家，我们的工具是身体，是精密的五官和五感。日常饮食最好清淡为主，并且一定不能过于饱腹，必须清心寡欲。马季，你应该听过，我们希伯特人是一个永远在路上的民族，就是因为要成为一名真正的大预言家，所以必须让自己经历各种环境，去磨砺自身，感知生物之间、生物与宇宙之间的精密联系。”

我说：“那你为啥之前吃得挺欢的。”

德尼罗解释说：“有时候饱腹欲也是对自己的修行。我们外科预言家一定要充分了解外部世界，所以什么都要去感受一下；内科科学家一般比较讲究清心寡欲。”

我懂了，这小子是“得了便宜还卖乖”。

见他吃饱喝足，我也懒得和他扯有的没的，“说正事吧。你让我做的我都做了，现在该你去做答应我的事情了。”

德尼罗说没问题，但是今天不行，明天让我来城南的帐篷。

回去之后我越想越不对劲，先别管希伯特人到底是不是骗子，有没有预言家这事也放置在一旁。关键是这次我不仅成了德尼罗这个大麻烦的担保人，又掏钱请他吃了火锅，却什么都没得到，一点正事都没办成。

我心想这不行，必须找塞壬去撑场子，她再怎么说也是一个专业杀手，按照斗兽棋原理，我是普通人，预言家克制我，专业杀手应该能克制预言家才对。她倒是不忙，很爽快地答应陪我，只要我包晚饭就成。

女杀手来到地球之后不断堕落，已经再无当初在厕所拔鱼击杀老鼠时的冷冽。失去了目标任务后，她每天打工供养那一条叫“巴雷特”的恶鬼鱼，迷失在地球的柴米油盐之中。

路上我问她：“你们有听过希伯特人的预言家吗？靠不靠谱？”

她皱起眉头，侧脸显得严肃而凝重，“希伯特人不好对付。”

我提醒说：“不是对付，是他们的本领水平怎样？”

塞壬望着天思考良久，低头说：“有个希伯特人预言自己会死，结果他真的死了。恰好是我认识的一个杀手去执行的任务。他们的预言很准。”

4

我们来到帐篷外，德尼罗今天穿着一件宽大的、毛茸茸的蓝色睡衣，胸口有一轮弯月的标志。他表示，只能预言事主进去，女士需在外面稍等。

进去之后他搓了搓手，露出一个意味不明的笑容，“红色。”

我一时间没明白，我今天明明穿的不是红色，正要反驳，却看到德尼罗指向帐篷门口。他说的是塞壬，我真想给他脸上来一拳。此时此刻，我很理解当初那个揍他的男同胞的心情。

“你们都喜欢红色，真是般配。”德尼罗边赞叹着，边摸出一个水晶球，双手用力地在上面摩擦，没一会儿，水晶球竟然亮起了靛蓝荧光。

德尼罗嘴里说着我们听不懂的语言，这些发音是通过鼻子和喉咙发出来的，有些地方像是剧烈的咳嗽，就像是一串奇怪的咒语。

水晶球在金属坐台上迅速地旋转，上面的光芒渐渐散去。有声音从里面传出来，好像说了一句什么，和德尼罗是同样的发音方式，我听不懂。

德尼罗翻译道：“这是我替你预约的外科预言家，名字翻译成中文可以叫她明哥，是一位女性内科预言家，算是我师姐。她让你说出自己的情况，她擅长预言姻缘。”

我有些着急了，“我要搞清楚忘记的事情，你给我找个红娘干什么？”

“别急，马季。”德尼罗示意我保持冷静，“你别忘记了，我说过任何一种预言分支都可能具有巨大的价值，只是看怎么使用。”

我被他气笑了，“你倒是给我说清楚，红娘和记忆遗失，你怎么给我联系起来？”

德尼罗想了半天都说不出话来，脸色显得有些尴尬。

反倒是明哥再次开口说了什么。

德尼罗的脸色变得很有趣，看向我，又指了指外面，“她说，你会和你一起来的姑娘结婚。”

明哥又说了什么。

德尼罗补充道："一个月内。"

明哥语气愉悦地重复了一句话。

"她说，恭喜恭喜。"

我一脚踢翻他的水晶球，"恭喜个屁，我是来求姻缘的吗？我是让你给我查记忆障碍的问题。"

德尼罗慌忙地把水晶球再次安置在金属底座上，双手再次用力擦了擦，哈了一阵气，和那边说了些什么，神色显得十分沮丧。

最后，他把水晶球放回到自己的背包里，这才看过来，"本来明哥说可以帮你找出你记忆的问题，也是和姻缘有关系；但你的行为实在太不尊重玄学家，所以她决定不会再为你预测了，把我也训斥了一顿。"

明哥为了表示自己具备那样的能力，还故意说了一句话："三百六十七日的失踪，在路灯下再次醒来。"

这恰好就是我醒过来时的情形。

当时的我仿佛做了一个漫长的梦，明明一切都无比清晰，一睁眼却又都消失了。我在一个夜里醒来，当时背靠着路灯，就像是一个不知归路的醉汉。

再怎么懊悔都没用，明哥已经将我拉入了黑名单，预言家的骄傲和专业是不允许被患者质疑的。德尼罗说，只有再找下一个内科预言家，让我少安毋躁，不过又要了我一百块，说这是挂号费。

在两周后的一个下午，塞壬突然急匆匆地跑到我办公室。她头发还湿着，身着胸口有一条大眼鱼的睡衣，脚上穿着人字拖，突然抓住了我胳膊，"马季，和我结婚。"

她的声音并不大，却让所有人都看了过来。

我立刻把她拉到了杂物间，关上外面的门，“你疯了？”

塞壬急得眼睛都燃起火来，“我说真的！我不结婚，巴雷特就要被他们带走了。”

她前言不搭后语，断断续续地说了好一阵子，我才听明白了整个事情的原委。

前些天，社区和人口普查的人开始到处查询和登记各住户的具体情况、房屋安全情况进行备案，预防安全隐患。

塞壬是海猎星人，工作正规，她个人是没有任何问题的，但是她家里养了一条烈性鱼，其包含在禁止作为普通观赏类宠物的名单里。塞壬最爱的大鱼巴雷特，原本是她远程狙击目标的武器，也是她这么多年来最好的朋友，塞壬转行之后依旧不愿意离弃它。

动物卫生监督所的工作人员告诉她，她并不具备饲养危险宠物的资格。只有两种情况下，个人才可以保留危险宠物，要么是结了婚具有稳定工作的居民，如此才能保证主人有能力对宠物负责；再一个就是考取了驯兽师证的专业人士。

动监所再三下发通牒，已经在她的门上贴上了贴条，让她今晚要么把危险动物上交给国家管理，要么自己找一个专业人士饲养并且给出证明。

塞壬必须要找一个男人结婚，这样才可以保留巴雷特。

之所以找我，自然是因为她没有其他男人可以选择。这种荒诞的可爱不同于我见过的任何一种，她不像龙舌兰小姐那种要求纯度极高的烈酒般的爱；也不是许一笑那种掌控欲极强的爱；更不似苏老板那种封闭固执的爱，是一种近乎绝迹的、目的明确又单纯的爱。

塞壬为了巴雷特可以和一个不了解的男人结婚，这种古怪又偏执的依恋变成了她眼睛里涌动的水汽。

我突然很羡慕那一条鱼。

民政局里都是高高兴兴的新婚夫妇，只有我们俩脸色凝重——毕竟有关部门已经堵在了塞壬的家门口，今晚就要带走巴雷特。

工作人员看了看我们，不满道："你们也太着急了，穿着睡衣拖鞋就来了，结婚这么儿戏吗。"

我回答说："不急不行，劳烦您快点。"

工作人员摇头失笑，"年轻真好，赛小姐，马先生，祝你们新婚快乐。"

大印章盖在了薄薄的结婚证上。

我突然想到，明哥的预言这不就成真了吗？

我悔得肠子都青了。

5

德尼罗说预约到了另外一个内科预言家，让我在指定的日子过去找他，还说上次由于情况特殊没有收我就诊费，但这次不能免，让我千万带够钱。

他小心翼翼地摩擦水晶球，可这次不管怎么摩擦就是不亮，头上都急得冒汗了。

"不可能啊……我检查了，明明是好的，到底是……"他自言自语地反复擦拭，又用一个像是刷子的工具在金属座基上来回刷着。

我有些心虚，难道上回让我踹坏了？正在我准备找借口离开时，水晶球终于被德尼罗擦亮了，他用毛巾擦了擦汗，开始念业内术语。

不一会儿，另一端传来清晰的男中音，“患者你好，我是内科预言家岑杨，研究的方向是记忆闪回，请将你的情况告诉我。”

德尼罗低声说他在水晶球里植入了同步翻译的芯片，免得出现沟通误区。

我这回老实详细地将事情的原委讲述了一番，记忆闪回这一分支听起来就靠谱。

“请你靠近一点，”岑杨说，“将你的双手张开，手掌贴在水晶球的两侧。接下来，你眼前会出现一些画面，请你看到多少说多少，画面出现就可以说了。”

我双手捧着水晶球，眼前突然出现了一幅幅画面，有在公司的，有在学校的，还有在路上的，都是曾经在我脑海中一闪即逝的场景。

这个古怪的测试结束后，岑杨说：“好了，我已经提取了你的记忆数据，可以确定的是，你的确受到过外力影响，导致了记忆缺失。”

我点点头，“是电波人干的吧？”

岑杨并不肯定，“可能性也不只是这一种，成因往往是多样的，我只能做到我分内的事。三天后，你会遇到一个闪回点，这应该是你记忆进行自我修复的第一步。”

我听得为之一振。

我还要再问，岑杨却说：“我可以给你在三天后预约复诊，你也可以选择到时候看有无效果后再预约。”

我立马说:“我要预约下一次的见面。”

这次短暂的诊断就到此为止了。

德尼罗拍了拍我的肩膀，“马季，这回运气不错，要找到岑老师很不容易，我也是碰巧知道他最近旅行归来，恢复了就诊。岑老师以前的预言能力你知道是什么吗？做梦。他能预言一个人什么时候会做梦，那时候他这个能力和我预言内衣一样没用。我希望自己以后也能够变成他那样的人。”

三天后，我在整理一个表格时突然感觉眼皮很沉，便趴在桌子上睡了一觉，被高尚喊醒后我猛地记起来一件事。

“我是不是欠你三百块没还？”我急于求证，也管不了那么多了。

高尚想了好一会儿才“啊”的一声醒悟过来，“对啊，那是入职时的事情了，你不说我都差点忘了。”

然后，我当然只好还钱。

我按照约定急匆匆地赶到德尼罗的水晶球处，等了三个多小时，内科预言家岑杨的号才排到我。

我见识了玄学家的神奇，心情有些急切，“岑大师，能不能看到我什么时候才能想起那一年的事？”

“不能。”岑杨回答道，“马先生，内科预言家只能够对患者的情况进行分析，得出最可能的结论，理论上是存在误差的。具体闪回的时段是随机出现的，要根据当时大脑的内部运行情况决定。闪回是大脑对自我检核的一种保护机制，越是被屏蔽的信号，在这种时刻越是容易被激活。被屏蔽的部分往往信号强烈，干扰了你的本我意识。”

我有些失望，但也意识到是自己的要求太苛刻。他只是预言家，又不是神仙。

“第二个闪回点我捕捉到了，就在明天。”岑杨似乎在观察什么，好一会儿才继续开口：“具体时段难以测量。马先生，还是同样的，两肩放松，不要去用力想，到时它自己就会出现的。”

第二天恰好是周末。塞壬请我出去吃饭，说是感谢我帮她保住了巴雷特的事情。

说吃饭就是真吃饭，我们都不断地涮肉吃，除去刚上桌时客套了一下就没再说过话，但是倒也不觉得尴尬。

这还是我第一次来到塞壬的出租屋。她租的一个单人间，但有三分之一都被鱼缸占据。恶鬼鱼的庞大身体显得鱼缸很窄，不过塞壬说这种鱼适应力很强，而且对生存环境要求很低，只要有食物、有干净的水源就行。

大鱼的肚子贴在鱼缸底部，慢悠悠地将塞壬丢进去的饼干和鱼食都吸进嘴里，然后吐出了一串泡泡。

塞壬家里太小，我只能坐在她床上，但我觉得坐姑娘家的床有些不好意思，就索性盘腿坐在地上。

地上有几本散落的书籍，有《驯兽师必刷题24套》《生物习性与驯兽原理》《驯兽资格证真题素材解析》等，做过的习题已经有好厚的一叠。

“你想考驯兽师？”我看向正在给我泡咖啡的塞壬。

她点点头，小心翼翼地把杯子放在我面前，“等我考证成功，我们就可以离婚了。”

屋子里太小，除去鱼缸、茶几和床，我们就只能盘腿坐在地上。她穿着那件宽大的可以当被子的大头鱼睡衣，脚上依旧是那一双人字拖，我注意到上面有一条带子断了，被她用别针给缝了起来。塞壬将头发扎成了一个马尾，用发卡将刘海卡在了头顶，小麦色的皮肤散发着一种蓬勃的生机。她盘腿坐在地上，将那些考试书一一整理好。

塞壬的眼里饱含期待，“考上后我要去海洋公园当驯兽师。”

“真的不再当杀手了吗？”我略感意外。

我觉得更难的是，当过杀手之后还能适应普通人的生活吗？

塞壬看着鱼缸里吐泡泡的恶鬼鱼巴雷特，它也成功从杀手鱼转职成了观赏鱼。她有些泄气，“当不了，一旦出现失手，杀手就很难再接到单子。就像是你们在网店里买东西，差评是很要命的。反正每年都有那么多新人进来，价格也更便宜。”

语气之中有一种莫名的落寞。

我安慰她说：“不要担心，天无绝人之路，现在的人一年一换工作也是常有的事，换个行业也是多一份机会。”

我眼前突然浮现出一幅画面，那东西……在我屋子里，右下方最后一个抽屉！

“我还有事先走了！”

丢下一句话后我便匆匆离开，奔向了自己住的出租屋。

6

我飞奔回家，站在柜台前看向右下方最后一个抽屉，这里我常年没有触碰过，不记得自己到底用它来做什么。

我小心翼翼地拉开抽屉，由于很久没人触碰，边沿处有些灰尘，拉开也不是很顺滑。

里面是一盒没拆封的薯片。

我看了上面的日期，是两年前我刚租房时买的，也就说时间恰好就在我记忆缺失之前。可我完全不记得有放薯片在这里，而且为什么放这里也想不起来。

明明是自己做过的事，却没有一点回忆，这让我隐隐有些害怕。那一年应该也是这样的感觉，对于我在消失的记忆里做过什么，我更加忐忑不安。那个进驻我身体的电波人小马他有伤害过其他人吗？他为什么选择了我？

我再次乘车来到了德尼罗的住处，他帐篷外的牌子已经从open变成了close。我心想还真给我面子。

见我来了，德尼罗热情地朝我招手说："马季，来来，马上到你了。"

我脱了鞋子坐进去，水晶球已经被启动，里面传来内科预言家岑先生的声音，"马先生，请双手贴着水晶球……"

片刻后，岑杨说："这次更快，就在一个小时内。"

他话才说完，我只觉得脑子里一股电流冲过，就像是小时候第一次吃到糖的那种感觉，身体都不由自主地一阵颤抖。

眼前浮现出一段主观视角的影像。

面前的画面不断抖动，视角的主人似乎正在迅速奔跑，画面突然猛地朝下，离地面越来越近，就在快撞上地面时，一双手撑在地上又调整了过来。后面有人喊“年轻人不要做傻事”。

画面转到身后，一个保洁阿姨把一个大街爆款单肩包递过来。

画面到此结束。

我睁开眼大口呼吸，这些画面我完全不记得了，不过我很确定刚才的画面是人才市场里面。保洁阿姨胸前有胸牌，写着熊丽。

岑杨的声音传来，“好了，这一次的闪回循环已经结束，五年时间内很难会有下一次了。我们的诊断也到此为止。”

他的声音逐渐消失，不管我怎么喊，水晶球也没有反应。

见我有些不对劲，德尼罗给我倒了一杯橙汁，“马季，不要着急。预言家能做到的东西也很有限，对于我们来说，未来简单，因为未来可期，过去才是无法捉摸的。一旦过去了，它就变了样子，你永远无法凑出它的全貌。”

他用帕子擦着水晶球，“希伯特人敬畏过去，过去是被改变了的未来，是一条真实存在的河道，未来不一样，未来是希望和行为正在搅拌的溪流，没成型之前一切皆有可能。有可能的都是容易的，无法改变的才是最让人不可触碰的。”

正当我在反复咀嚼他这几句话时，德尼罗说：“马季，我要走了。”

我猛地抬起头，对上德尼罗认真的眼神，他摸了摸羊角形黄胡子，年轻的脸上充满憧憬，“一个预言家总是要上路的，不管被敌视、被轻蔑，还是被看作骗子，都是玄学家必经之路。刚开始的预言家能力弱小，往往没有什么了不起的能力，就像我只能够预测一下某个人的内衣而已，还必须借助水晶球的力量。但是，我不认为它没用。”

他哈哈一笑，“其实是因为根本没什么人找我预言，现阶段我这个能力在这里的确没啥用。再逗留下去，我怕是连车票钱都付不起了。”

“那你去外地就能吗？”

他咧嘴笑道：“我准备去美国，先坐车去海港，那边飞机票便宜一点。今年的维多利亚内衣秀在那边，那边应该有一部分人对预测内衣和人的关系是有兴趣的，不行我再想别的办法。”

这个决定的确算得上是明智。

德尼罗系紧巨大的背包，将它再次扛在了并不强壮的背上，他和我握了握手，“我还是认为，人的身体是最诚实的，而内衣则是通往真实的隧道。至少这种方法让我认识了你，我的朋友。马季，车来了，我们后会有期。”

他钻进车子里，朝我挥挥手，脸上毫无畏惧。车子里似乎都是年轻人，他们疲惫又新鲜，互相交谈着，对远方的路途充满期待。

一声鸣笛，大巴车摇摇晃晃地驶向了前方。

年轻的预言家上路了。他的勇气和希望如同他的胡子一样挺拔，他搭上一辆开往未知远方的顺风车，他的旅途不孤单，各路男女色彩缤纷的内衣会指引他的前路。但谁知道呢，也许很多年以后他会找到自己能力的正确使用方法，给人指点迷津，而不再是大众眼里的色情与轻佻。

10 玫瑰与紫罗兰

百味星人

特　　征： 百味星人身体中有一种香腺体，一旦他们的情绪进入消极状态，腺体就会运作，继而散发出各种各样的香味。他们很难落泪，眼泪是昂贵的自然香精。

职业选择： 被研究者，调香师。

爱　　好： 和普通人无差别。

1

在苏老板那里得到了许可，我带着公司的展示资料在人力市场租了一个摊位。

靠近中央展台和浮动荧幕的地方叫作A类位置，一天一千块；然后是围绕A类区域的B类，五百块一天；最后是我现在所在的角落，三百块一天，因为靠近厕所，臭气熏天。

找工作不易，招募职员也不简单。

上午不少求职者从我面前路过，可一看到上面的条件和岗位就撇撇嘴，一脸“老子这么牛，你这个破公司才给这点薪水”的神气劲。

也有零散的几人过来询问。第一个是青皮头，面目凶狠，大大咧咧地过来问我有没有双休、年终奖怎么算。我说：“你不要着急，我们先了解下你的情况，你的简历呢？”

青皮头将身份证拍在我面前的桌子上，“身份证，够了吧？”

我怔了一下，耐心解释：“我们需要一份您的简历，包括您的学历证明，还有您有无过往工作经验之类的证明。”

青皮头收回身份证，从包里摸出一张纸放在桌子上，上面写着《××监狱劳动标兵》，我猜是个前狱警，不过看到上面的表扬又觉得有些不对劲。

×××：在2036年度于××监狱中表现优异，积极改造，被评选为劳动标兵，特发此状，以兹鼓励。

原来是之前有过犯罪前科。他说自己虽然很多东西都不会，但很讲义气。我很想告诉他讲义气就应该去找朋友，而不是找工作；但是我不敢，他看起来很能打，整个C类区域只有一个保安，等他跑过来时我差不多已经被打死了。

被我委婉拒绝后，他狠狠地捶了下我的桌子，以此泄愤。

第二个求职者年纪看起来有五十岁，但他却咬死了说自己只有二十八岁，曾是某个跨国集团的财务，因为上司的政治迫害导致自己流离失所。他的意思是我可以请他去当形象大使，然后他就可以趁机将前公司暗地里做“外星人活体解剖”的事情曝光。

好在很快就有保安将他架了出去，说是这人好些年都在这里游荡，似乎是因为一直没有找到工作，有点间歇性精神失常了。

应付了他们俩之后已经到了中午，我溜到旁边的保洁综合办公室，敲了敲门，“请问一下，这里是不是有一个叫熊丽的工作人员？”

办公室里一位大妈瞅了我一眼，“你什么人？”

我说：“我来找一个叫熊丽的人？”

“你是她什么人？”对方语气不善。

“不是，我就是来感谢一下她，上次多亏她帮了我一个忙。”我含糊说道，观察她的面部表情。

此人从鼻子里哼了一声，“填张表。”

我走过去一看，她递给我一张《外来人员寻访登记表》，必填选项有姓名、年龄、有无结婚和工作单位；选填的有血型、个人爱好、职业描述与未来展望。

填表时我有一种错觉：我并不是过来找人的，我是来应聘的。

大妈收起资料在桌上齐了齐，并盖了个章，“熊丽在A区域，你过去找她吧。”

我才松了口气，她又喊住我："年轻人，我们稍后会进行回访，请你记得给我们的服务打个满分。"

我说："好的好的，一定满分。"

她终于露出一个难得的笑容。

我很快便找到了熊丽，她和我闪回测试中看见的几乎一模一样，有一张热情健康的脸，不胖也不瘦。那枚在胸口的方形工牌，随着她剧烈运动的身体轻轻起伏着。

"熊丽，熊阿姨？"我小心喊道。

她暂停喷洒消毒水，拉下口罩看向我，"你是……"

还没等我说出身份和来意，她眼睛一亮，"我记得你，是之前那个想不开的小伙子！"

我既尴尬又高兴，"对，对，就是我。"

我和她说明了我的来意，她皱眉道："记忆缺失综合征？这种病很麻烦吧……我记得当时其他人都离开得很快，就你一个人在里面走来走去，所以很引人注意。后来我看到你走到楼上，神色有些不对劲，好像要从上往下跳……"

说到这里她有些不好意思，"其实，那时候应该是我过于紧张了，过去拉住你时，你说自己叫小马，问我机场怎么去，看起来精神很好。"

她说和我当时的交流也仅此而已。

我还是有些不甘，"熊阿姨，我当时还有没有说其他的事，或者做了比较奇怪的动作？"

"奇怪吗？没有吧……"她"咦"了一声，"啊！我记起来了，鲸，你当时说什么鲸。”

“鲸鱼？”

“好像是……”她点点头。

这事到此又没了下文。

回到摊位时我发现桌子上放着一张简历，上面贴了照片，是一个笑起来很开朗的姑娘，一看就知道会是一名好员工。

其实我这次也的确是过来招聘人员的，公司里需要一名售后服务的专职人员，苏老板提了几次，但是网招都没有找到合适的人，我便趁机出来碰碰运气。

我仔细扫了眼简历。

方白心，百味星人，今年二十岁，拥有TIA颁发的特定专业进修结业证书（这东西类似于地球的高等教育证明）。方白心以A等的成绩毕业。

这里要解释一下：TIA的教育模式与地球不同，只有一次结业，分成A、B、C三类。A类等同于成绩最优秀的学员。而后个体成就有多高，取决于他在实际研究或事业上完成了多少项目和应用，以此作为评估的参考。

我估摸了一下，好家伙，A类不就等同于地球的博士生了吗？没想到竟然能够找到一个高颜值的学霸。今天运气不错，被我摸了个漏网之鱼。

片刻之后我又有些忧虑，因为方白心的上一份工作是在科学研究院里当研究员，她放弃了这么好的工作，跑到我们公司来当客服？想想都觉得荒谬。要么就是她一定有某种缺陷。

犹豫再三，我还是按照简历上的电话打了过去。

电话里传来一个好听的女声，“啊，好，我马上过来。”

己

方白心眉眼之间有一种慵懒的倦意，仿佛她并不是从门口赶过来，而是从世界的另一端马不停蹄地飞来见我。

她有一张讨人喜欢的脸蛋，头发在脑后盘成了蝎子辫，露出洁白的额头和柔和的脖颈。她坐在我面前，眼睛亮亮的，“你好，考官。”

我笑道：“考官说不上，我叫马季，方小姐，我们公司的需求你都看了吗？”

方白心点头：“你们需要的应该是一个应对客户咨询、解答对方问题的客服？”

她说得直白，但所谓的“服务反馈岗位”的确主要是做这事。很多人都烦沟通这件事，因为你说的他不会听，他讲起来你又不高兴，到最后就是你说你的，他说他的，结果当然双方都不爽。

我“嗯”了一声，“方小姐，你年纪轻轻地就拿到了优秀结业证书，更是进入科研院所成为一名研究员，不知道你为什么会放弃这份工作？”

她爽快地回答：“离家太远了。”

我小心问：“那我们公司离你家……”

“两站地铁，很近。”她快乐地说，“我昨天才辞了职，没想到今天来找工作就能看到这么近的单位。”

我心里大喊“nice”，果然是漏网之鱼！可要抓紧了。

但作为一名稳重的资深人力，我还是继续按部就班地旁敲侧击，“白小姐，容我了解一下。之前你当研究员，从事的是技术要求很高的工作，现在是一项对人际交往要求不低的工作，不知道你有没有做好准备？”

方白心摆摆手，一脸早有准备的样子：“我之前在研究所也是做类似的工作，也算是社交吧。”

我大吃一惊：“现在研究所也有客服？”

他们还要脸吗？竟然让高才生去当客服。研究所好歹搞搞研究，不搞研究和我们这些咸鱼公司有什么区别？

“不，我在里面的工作就是被人研究。”方白心老老实实地说。

我给吓得下意识往后靠了靠。

她见状赶紧解释：“马老师，不是你想的那样，百味星你听过吗？”

我点点头，又摇摇头。点头是因为的确听过，摇头是我对百味星人一无所知，听过和没听过感觉差别不大。

这些年，大量外星人飞到地球创业和寻找工作机会，我们从开始的惊奇和敬畏慢慢变成现在的麻木。渐渐地，大家发现外星人除去有一些特殊才艺和技能，和地球人的差距并不大。

话说回来，差距过大的话双方根本就不会存在所谓的平等交流，只有研究和被研究的关系，就像是人研究蚂蚁一样。

“百味星的人是从生命树里诞生的……”方白心给我耐心地讲解起来。

严格来说，百味星就是一棵树，只是这棵树具有两个形态，它一直在从树变成化石的状态，这个过程很慢，所以百味星的内核是树状，外面却是生命树部分躯体变成的化石。百味星人从地心中的树上诞生，之后就会迅速成年，十岁时已经和二十岁一个模样，只是心智还处于孩子的状态。

其后是一个漫长的青年期，从十岁到四十岁都是年轻的样子，几乎不会变化。过了四十岁他们就会迅速衰老，提前进入老年状态，并保持老人的样子直到死去。而到了即将死亡之际，百味星人都会受到生命之树的感召，无论相隔多远，那股悸动会一直持续到他们返回故乡。

最后百味星人会变成浅浅的化石，保护着星球之中的生命孕育者；同时自己将化作养分反哺生命之树，完成一个生死循环。

由于百味星人生死的特殊性，让他们拥有了比其他人形智慧生命更多的能力。

“我们是不会生病的，”方白心认真地说，“每一个百味星人都不会受到疾病干扰，哪怕被感染也会迅速自愈。这也是研究所雇用我的原因，他们想要通过研究我找出不用生病的秘密。”

我听得有些入迷，“结果呢？”

“没有结果。”方白心浅浅一笑，“我们的生理结构先天就不同，不具有可比性，只能看看有没有其他的启发性发现。”

“慢着，”我小心地比了个手刀的姿势，“研究，是不是要切片，然后用什么X射线照射？”

她“扑哧”一笑，“不用的，收集体液是最好的方式。眼泪、汗液、唾液什么的，再有就是抽一点点血。对我们最麻烦的是眼泪，我很难哭，只有在一个特殊气体室内才能哭出来。每次进行这个环节都很困难，有时候要试验好几次，还有几次我被熏得晕了过去，都忘了流眼泪。”

说到这里，她忍不住笑了。

见我一脸严肃，方白心恢复过来，“总之就是这样，希望能够被贵公司看上。”

我给苏老板打了个电话，然后对她说：“你稍等，我们公司老大正赶过来。”

方白心点点头，“马老师，有没有人告诉过你，你严肃的样子好像一匹马。”

说完，她又捂着嘴“嗤嗤”笑起来。

我突然觉得自己好像不是抓到了漏网之鱼，而是被一条鱼咬住了鼻子。

3

苏老板和方白心私下谈了十几分钟，出来之后俩人都笑得很开心。

“方白心的入职手续你陪着去做了，好好给她讲讲公司的情况。我还有点事，就不回公司了。”苏老板对我叮嘱了一句就离开了。

我在收拾摊位时方白心很懂事地主动帮忙，她是个很开朗的女孩子，动作灵巧敏捷，路上不停地询问我公司里的情况，热情熟络得让我更像是那个入职新人。

到公司时，听说是新同事，大家齐刷刷地看了过来，其中高尚的目光最为炙热，恨不得从方白心的脸上看出来她的电话号码。

高尚将我拉到茶水间，一脸跃跃欲试的神色，“不够意思了啊，这么重要的情况都没有告诉我。她的简历给我看看。”

我以“坚守职业道德”为由拒绝了他。

“那我告诉你一个消息。”高尚压低声音，“苏老板为了稳定军心，给了员工周末家庭基金，每个结婚的职员都有，你这婚算是结对了。”

我听得精神一振，自从和塞壬假结婚，我就变成了已婚人士，这件事给我带来的一直是负面影响。首先社区总是打电话过来让我去学习怎样当一个可靠的丈夫和父亲，鼓励生育。我很担心哪一天被我妈她老人家发现，只怕要一路狂奔过来，搞出大事。

高尚如愿得到了简历，摸着下巴，眼睛放光，“高才生啊，这种我还没有试过，想必将会是一次愉快的经历。”

我懒得理他，只是想到了一个问题，“我看起来像马吗？”

高尚看了看我，“你反正是马脸，叫马季，像马也很正常吧？”

我有些伤感地看着镜子。

从来没有人告诉我这一点。一直以来，我都觉得自己只是脸比较尖，而不是长。

方白心在公司迅速变成了人气王，成功取代了曾经的龙舌兰小姐孙倪。她每天精神十足地四处出没，别人看了也觉得有了些干劲。

一开始我就不担心她不能融入群体，真正让我忧虑的是她是否真的能够做好服务质量跟踪这一工作，工作做不好什么都没用。比如说高尚，他虽然个人私生活混乱，但并不妨碍他是一个好员工。

我每天都会特地从她旁边路过，窃听她的工作情况。

公司的服务质量跟踪工作以前是由前台孙倪兼任的，她性格温和、有耐心，所以还算做得不错。只是这部分工作量越来越大，全部让她继续担着不合适，而且会影响她的本职工作。

方白心看起来一切都很好，和客户对话也轻声细语、口齿清晰，似乎没什么问题。但她情况特殊，原本就好像什么事都不放在心上，没什么能让她生气难过的样子，所以，以常人的面部表情和动作来判断她是没用的。

为此，我特意搞了两张电话卡测试了一番。

“是多利公司的人吗？”我压低音调问。

“你好，这里是多利公司，我是服务质量跟踪员小方。”

我冷哼，“是村里姑娘吗？”

方白心一愣。

我才想起来她是外星人，不懂这个古老的梗，只好直奔主题，“×公司是我们的合作单位，他们的人给我推荐了你们公司的线上监控平台。我想知道，价格能否谈一谈？”

方白心道：“我们有专门的市场人员可以提供上门服务。”

“我觉得方小姐你就挺好，你能上门吗？”

“好啊。”她爽快地答复。

“那稍后我联系你，怎样？”

“好的。”

挂掉电话，我内心有些担忧，这虽然不违反公司规定，苏老板倒是提倡每一个人都去揽业务给公司创收。但内部会议时她又一再表示，大家最好能够把对外业务委托给高尚他们这些专业人士，避免可能出现的纠纷，根据达成情况可以相互商量着分配酬金。

方白心过于单纯，这样很容易被对方牵着走，万一吃了亏也有口难言。

到了下午，我摸出第二张电话卡，对着镜子酝酿了一下情绪，怒道："你们多利公司是干什么吃的！都是吃白饭的吗！我给你说今天你们不能给我们解决问题，明天就准备收律师函吧！"

电话里，方白心有些疑惑，"什么问题？"

"可以啊你们，我反映多少次了，你们都当空气是吧？敢情只有那个许一笑是你们客户，其他人就不是了？算了，我们本次合作到此为止，不用再来了。"

一番噼里啪啦地怒喷后，我等着方白心的反应。

那边一阵沉默，我偷偷看过去，却发现她在吃水果棉花糖，给我气够呛。

"你们就是这个态度！"

"在呢，在呢。"方白心咽下糖赶紧说："您继续，我正在给您做成文档反映上去。先生贵姓？"

"马。"我一不小心把真姓说了出去，忙补充道："别给我扯这些，我就问你准备怎么给我解决，能不能解决，多久能解决？"

方白心左右张望了一番，一般这种情况她要找我解决，但我现在躲在了她斜对面的杂物室。她看到我座位上没人。

她会怎么办呢？我很期待。

电话里突然传来一阵嘟嘟声。

我心里一松，方白心看起来傻乎乎的，这时候倒是很机智。

当我回到办公室，方白心慌慌张张地过来，“马老师，不好了，我不小心把电话线弄断了。”

4.1

我嗅到一股奇异的花果香味，这味道淡淡的并不呛人，让人不由自主地猛吸了两口。

方白心脸色骤变，一溜烟跑出去躲进了杂物间。

我去敲了敲门，“怎么了？”

她在里面没有反应。

我立刻打电话过去，好在方白心最终还是接了起来。

“马老师，你能不能帮我把包拿进来一下？”

我按照她所说的，将包递了进去，趁着她打开一点门缝时突然挤了进去，再反手关上门。

整个杂物间仿佛被香水喷过一样，香味萦绕。

“到底是……”我看向方白心，她躲在角落从包里翻找出一瓶喷雾对着自己喷来喷去。随着她手里的雾尘扬起，原本浓郁的味道慢慢弱了下来，她也松了口气。

“这味道来自你身上。”我终于确定。

方白心沉默很久，才缓缓点头，“我也不想的……”

百味星之所以叫百味星，就是因为来自这颗星球的人身体之中有一种香腺体，一旦他们的情绪进入消极状态，腺体就会运作，继而散发出各种各样的香味。

方白心怯怯道："我不是故意隐瞒的……用这个喷雾就不会有怪味道了。"

我也蹲下来，看着她有些不安的双眼，"这不是怪味道，很好闻的。"

我意识到这样说不太妥当，补充道："我还是第一次见识到真的有体香的人，难怪研究所研究你，当然是为了香味，香水可比治病赚钱多了。"

"马老师，你别逗我笑……"她捂住了嘴。

我明白了方白心的困扰。地球上的人大体上是没有味道的，百味星人却有这样一个特殊的生理机制。偏偏是在他们最难过的时候，其他人越能发现他们的存在。最不想被发现的时刻偏偏没办法躲起来，让她更加有压力，越是有压力，越是香味加重，形成了一个死循环。

身后突然钻出一个人头，高尚用力嗅了嗅，"你们在干什么，喷这么香是在掩饰什么？"

我将他推了出去，"人家姑娘家在试香水呢。"

高尚大怒："你当我傻吗？我早就做过功课了，本来安慰和开导她的都应该是我，明明是我先来的，台词我都想好了，却被你给抢了。"

"既然你做了功课，有没有一个方案能处理好这个问题？"我问他说。

"当然有，"高尚自信道，"喷香水。"

他摸出一瓶晶莹剔透的镏金液体，"巴宝莉，weekend，周末女士。这款香和她身上的味道最接近，每天喷洒一些就不会被其他人发现了。看着。”

高尚昂首阔步地走进杂物间，又垂头丧气地走出来，“栽了，栽了。”

这味道原本就是方白心抗拒的体味，你摸了整整一瓶出来，不是给人添堵吗？

看高尚吃瘪，我不由得笑了出来。他瞪了我一眼，“你不要有非分之想！搞清楚了，你是有妇之夫，这是婚内出轨，你懂吗？”

我被他一句话堵得说不出话来。

方白心的难题依旧没能解决，我一时半刻也想不到什么稳妥的方法，既要让她心理接受，又要确实有效。

一码归一码，方白心有困扰我会努力帮她想法子，但她在工作上的评估还得继续。

想来想去，我认识的人中只有塞壬适合这个角色。首先，她是冷面角色，只要不涉及她的恶鬼鱼巴雷特，就总是一副淡定模样。其次，她足够可靠，还欠我一个巨大人情，又是我法定意义上的妻子，怎么说都比其他人更值得信任。

“真的记住了？”我一再强调，念了两遍我编好的剧本。

塞壬比了个OK的手势，“就是难为她，让她哭最好，明白。”

我提醒，“不能动手打人。”

“没问题，看我的。”

我躲在后面远远观望。

不久就看到方白心左右张望着走了过来，在塞壬面前坐下。

耳机里传来塞壬的声音，“方小姐，我是我们公司的代表。听闻百味星人身上有奇香，不知道能不能闻一闻？”

方白心并没有被难为到，“我是过来谈合作的，和是什么籍贯没关系。”

“合作需要诚意。”塞壬语气依旧不冷不淡，“既然没有诚意，那我们就没有必要再继续谈下去。”

方白心犹豫了很久，“你到底要做什么？”

塞壬说：“我想和方姑娘交个朋友，听说百味星人的眼泪是最好的香水，我想要搞清楚是不是真的。”

方白心有些无奈，“可我不知道怎样让自己哭。”

“我有办法，”塞壬说，“跟我来。”

5

我跟着她们从游乐园到动物园，从猛兽笼到鬼屋，吓得浑身发冷、手脚酸软，可方白心倒是玩得越来越开心。塞壬有些没辙了。

最后，我给塞壬打电话指示，“进行化学攻击。”

意外的是，洋葱和辣椒水把塞壬自己都熏得眼泪直掉了，方白心却一点都没事。看到塞壬狼狈的样子，方白心哈哈大笑。我这才想起，方白心说过她是被研究所研究的对象，必须在某个气体室才会哭出来。如果这么容易就能成功获得眼泪，研究所的人也就不必这么浪费力气了。

虽然整个计划失败了，但我对方白心的测试却是成功的。她的优点和缺点都很明显，她善良、热情、天真，却又不够谨慎。我不知道是否百味星都是这样的人，听说他们是天生的厨师和调香师，这两种职业的人都不擅长说谎。

随着工作压力日益增大，方白心的秘密终于遮掩不住，大家注意到空气中的香气，闻到一点味道就会下意识地看向方白心的方向，这让她压力更大。

不知道是不是错觉，我总觉得方白心忧郁了起来，她依旧很容易笑，但笑容不再那么纯粹爽朗，带着一种淡淡的迷茫。奇怪的是，她身上的味道居然慢慢消失了。

高尚也想过很多法子与她搭上关系，只是没一个有用，他少有地这么挫败过，也显得郁郁寡欢。

方白心总是找我请教问题，其实我能教的也有限，只是一再暗示她不要太老实，做事要隐而不露，要学会适当推诿，要学会游而不击，过于直接反而会让自己很被动。

高尚找我喝酒倒苦水，一脸苦闷，“她哪是什么纯情少女，明明是天生情场老手，我这回算是看错了……”

原来不久之前方白心找过他，说要感谢他的照顾，还亲手给高尚做了蛋糕，又和他一起玩了陶艺，玩得很开心。

她说，“和你一起真开心，你下次能再来陪着我吗？”

高尚一激动就表了白，结果方白心反而被吓到，说：“我不是那个意思，对不起，我只是……你很好，但是我不知道……我完全没有准备。”

几天之后，高尚总算冷静下来。回头一想，这不就是自己惯用的“三板斧”吗？

彬彬有礼，暧昧体贴，永远不表态。

我倒吸了一口凉气，学高尚的手段再拿高尚练手，简直太残忍了。

难怪方白心这几天老是在我身边走来走去，难不成下一个想要拿我这个师父练手不成？我吓得背后发寒。

好消息是她在自己工作上的表现终于符合了我的期望，简练，礼貌，不过分疏离又不被人牵着走。但我也感觉到，那个最初说我像是一匹马的方姑娘好像在一点点地消失。

我不知道这样好不好，心里十分矛盾。或许在研究所里被人研究，反而可以保留她最初的纯真。我有些怀疑自己当初将她引入公司做得对不对。

“马老师，马老师。”她不知什么时候到了我面前，“苏老板叫你。”

她低声道：“心情不好，你要小心。”

我点点头，经过了苏老板一顿臭骂的洗礼，我心里反而轻松了很多。

今天恰好是周五，苏老板的家庭基金活动也终于拉开了序幕。说来也简单，就是举办一个自由的自助餐活动，鼓励大家带家属来参加，体现公司对员工家庭的关爱，以此来稳定军心。苏老板也亲自出席，但她自己至今单身，让整个活动的说服力大减。不过，有一个免费吃喝的机会，大家还是很愿意参加的。

很多人都守在牛排区，只有我一个人蹲在蛋糕区。牛排实在太大块，吃一块就很容易饱腹，哪有小蛋糕好，慕斯蛋糕、蒸蛋糕、奶酪蛋糕、提拉米苏、芝士蛋糕……可以一一尝过，更能满足口腹欲。

抱着这种鸡贼目的，我和几个女客人一起守着糕点师傅做好。

“马老师，”方白心看到我盘子里的东西，眼睛一亮，“我能不能拿一点？”

我心说“当然不能”，但老是被她喊老师，只能咬牙给她。

她说：“那你也尝尝这个炒面，挺好吃的。”

说着就用筷子夹起一根，鼓励般地看着我。

我心里有些不妙，“算了……我不喜欢面。”

“不尝尝怎么知道呢？”她固执地说，“马老师，你不是曾经还和那个许一笑试过吗？”

话都说到了这个地步，我也只能强行接了，“那不一样，当时我并不知道她的情况，而且那时候我也是单身。”

方白心换了一个话题，“马老师，我知道你一直对百味星人的眼泪有兴趣，你知道怎么样才能获得我们的眼泪吗？”

我的确有兴趣，后来一查我才知道，百味星人眼泪价值极高，含有浓烈又独特的天然香味，是一种高端的昂贵香料，每一个百味星人的味道都不同。

“当我们喜欢上一个人，想他时就会流眼泪。流了足够眼泪，身上一段时间内就没有气味了。”方白心从兜里摸出一个装满液体的小小瓶子，“你要吗？”

我强挤出一个笑容，“我已经结婚了，别开玩笑。”

那边端着牛排的塞壬朝我挥手，示意肉已在锅上就绪，再不吃就要被其他人给吃掉。

方白心突然一笑，“当然是开玩笑的，这只是装的眼药水。”

真是玩得好一手欲擒故纵。

塞壬吃肉吃得一嘴油，我不得不给她擦了擦，免得形象过于不雅。但在其他人眼里却变成了秀恩爱，一阵鄙夷。

方白心默默吃东西，一言不发。

塞壬看向我，“怎么，你要当着我的面红杏出墙吗？”

“……吃吧你。”我将一只鸡翅塞进她嘴里。

方白心看过来几次，眼神欲言又止。如果是演戏，我只能说她是天生的演员。

过了一会儿，方白心也离开了，我收到了她的一条短信。

“马老师，如果你想要那个瓶子，我在家里等你，但也只有今晚了。今晚之后，我就不会再为你流眼泪了。最近我哭了太多次，很难受。”

塞壬凑过来看了一眼，“去吗？”

我摇摇头，收起手机。

塞壬吞下一块肉，鼓着嘴说：“人和动物一样，驯兽师考题里都说过，必须保持和同类的接触，太过于孤独会生病的。她身上散发出的香味不就是在告诉其他人靠近她吗？”

我只觉得自己的大脑像瞬间被开了光一样。

很简单的问题，我却完全没有想到。

方白心与其说是喜欢我，倒不如说是恋上被人陪伴的感觉。当有人真正靠近她又会抗拒。高尚正是前车之鉴。

我是她的领路人，又是帮助她最多的人，加上我天生话多不生分，这样的同事关系会让人的判断出现差错。就像是明明在我看来是好闻的香味，方白心却不觉得，她因此自我厌恶，难堪不已。

百味星人不会生病，互相之间也就很少帮助扶持。他们各有气息，保持距离。身上的香味让他们困扰而羞耻，会下意识地因此躲起来。味道是另一种语言的表述，是一种源自生命层面的直观释放，却阴差阳错地变成了他们的负担。

一朵在紫罗兰丛中开放的玫瑰花，为自己的不一样而烦恼着，她想靠近其他花希望自己能够被同化，可玫瑰终究是玫瑰。若是她有一天能发现，玫瑰和紫罗兰不一样，就真的太好了。

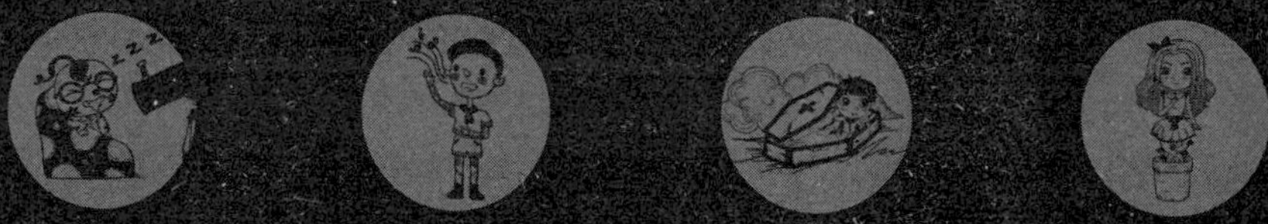

11 飞入云霄

雾隐星人

特　　征：雾隐星人在体内能量不足、饥饿的时候就会起飞，而当他们吃饱之后就会恢复正常。他们是天生的飞行家。在空中时，他们会吞云吐雾，体内水分会散发出去，呈现雾状。

职业选择：冒险家、探索者。

爱　　好：美食。

1

最近公司里爆出一个大新闻：老戴居然有女儿。

大家原本以为戴逻辑同志这种还在学习冷笑话阶段的技术男，理所应当是一个单身。他从未说过自己结过婚，这突然带了个女儿到公司来，全办公室的人都大跌眼镜。

原本我还对家庭基金胜券在握，毕竟我也算是已婚人士，公司里就我和另一个人结了婚。可老戴直接拖了个小萝莉到办公室来，让我意识到其实他早就蓄谋已久。别看他一天垂着头，好像对什么都不了解的样子，其实他只是在暗中观察。头盔将他的视线完美隐匿起来，敌暗我明，我们吃亏无疑。

老戴的女儿叫小戴，全名戴不哭。小戴也确如其名从来不哭，但也不笑。她今年八岁，长了一张瓷娃娃脸，身穿红底黑格子的棉衬衣和蓝色牛仔裤，呆呆的，看起来就像是女版的幼年戴逻辑。只是小戴天生就是美人胚子，可以看出老戴的妻子肯定很漂亮。

戴不哭身体不是很好，老是咳嗽，小脸惨白惨白的。她咳嗽时总是压住胸口捂着嘴，咳得人心碎。

方白心给小戴买了一根金色头巾发带，在小姑娘头顶扎成一个大蝴蝶结，让她原本病怏怏的小脸多了一些生气。

苏老板特意过来提醒了我们一番，“老戴的女儿，人很懂事，由于特殊情况，老戴会带着上班一个月，这件事我也同意了，所以大家多担待。你们也注意自己的言行，给孩子做好榜样。尤其你，马季。”

说到这里，苏老板目光锐利，用尖锐的食指指甲戳向我的面门，

“不要在背后再说那些有的没的，教坏小朋友。”

我举手表示绝对拥护老板的决定，不乱说话。

到饭点时，老戴拉着小戴的手走到楼下餐厅，我趁机凑了过去，摸出早就准备好的小东西。

“给你吃。”我递给她一包棉花糖，小戴看了看老戴。

老戴透过头盔大概朝小戴使了个眼神，小戴用双手小心地接住棉花糖，就像是捧着一束花。

等老戴去排队拿自助餐时，我立刻偷偷问小戴：“妈妈呢？”

她嚼着棉花糖，“出差，在考察队。”

我见有戏，“那爸爸和妈妈怎么认识的，你知道吗？”

她摇了摇头，用那双纯净的眼睛看着我说：“叔叔你长得好像一只马。”

我听得泪流满面。

小戴又说：“方姐姐也这么说。”

原来是方白心背后指使。自从上次的眼泪事件后，方白心已经恢复了过来，只是难免还是有些怨念。我理解。

我趁机发挥，“那你爸爸妈妈像什么？”

“爸爸像树懒，妈妈像气球。”

小戴的比喻很奇怪，让我一时间捉摸不透。

但更多的她好像也不知道了，打听问题的秘诀在于绝不重复，次数越少，效果越好，回报越高越不容易引起怀疑。

我始终对老戴的婚恋史耿耿于怀，他这样的“脑恋族”应该是以智力作为配偶的硬性要求的，没想到也是个看脸的。

很快，我发现了一个疑点，老戴认真做事时，尤其是中午和下午，小戴腰部就有一根软绳系着，另一端连上老戴固定地板上的豪华人体工学椅。看起来戴不哭就像是一只被拴着的小猫小狗，让人觉得很可怜。

戴不哭坐在椅子上，正襟危坐认真看书的样子还真是有她老爸的风范。只是她似乎没有垂头星人的生理缺陷，并不用耷拉脑袋，背脊正常。

正当我在茶水间吃布丁喝下午茶时，高尚一脸兴奋地撞开门进来，“老马，快来看，小姑娘飞了！”

2

我出去时看到戴不哭正飘浮在天花板处，双手张开拉住防火警报，样子倒是很冷静。方白心正尝试用拖把将她拉下来，终于一点点地将小姑娘拉到地面，由我牵着她。我只觉得她手臂上传来一股往上的大力，仿佛有一个大力士正在试图把她往上拽走。

“戴不哭腰间的系带不知什么时候松了，导致她飞了起来。”方白心不满地说，“老戴还是太马虎了，没什么经验。”

“现在是追究这个的时候吗？”我看向捂着肚子的小姑娘，“不哭你居然能飞！”

老戴这时候从卫生间出来，一看就知道出了事，过来给我们一一道谢，说孩子由于体质特殊，一不小心就可能飞起来。

我们围坐一圈，七嘴八舌地问起戴不哭的情况。

老戴知道没法子继续隐瞒了，这才说出来。

孩子的母亲来自一个神奇的星球，那里没有陆地，是一个纯粹由气体构成的巨大球体，叫作雾隐星。雾隐星人在体内能量不足、饥饿的时候就会起飞，并且会飞得越来越高。而当他们吃饱之后就会恢复正常，他们是天生的飞行家，但是未成年之前是不允许飞太高的，飞行意味着要忍耐饥饿，一旦掌握不好就可能迷失在空中，因此而死亡的人数不少。

“你们是怎么认识的？”方白心说出了我们共同的疑问。

老戴犹豫了一下，“下棋认识的棋友，后来想想大家年纪都差不多了，就结婚了。”

正当我们惊叹不已时，他又说，“一年就离婚了，她执意要自己带孩子。”

原来如此。

大体情况我算是摸清楚了，小姑娘不能饿，一饿就容易飞起来。

我和高尚很快想到了一个玩法。

“老戴，我们带小戴去吃东西，你忙你的，不用担心。”

“不哭，走，叔叔带你玩游戏。”我和高尚合计一番便将她从老戴那里拐走，径直到了楼顶。

高尚给她身上绑上了安全绳，我们让戴不哭保持冷静，如果觉得太高了就拉绳子，我们会把她拉回来。接着我们就把绳子一放，小戴犹如一片羽毛一样飞了起来。

开始我们还有些紧张，但戴不哭十分淡定，她甚至还在空中翻看电子书，被我们用绳子拉着腰部一点点地放风筝。

她一点点地往上放飞，从几米到十几米，最后二十米时我们停了下来。

“好羡慕。我小时候就特别想这样飞一次，一次也好。”高尚仰起头一脸向往，很感动的样子。

我也心有同感，在梦里倒是从高处落下去过，从没有一次成功起飞过。现实中不可能，梦里都不给我一个机会，真让人遗憾。戴不哭已经做到了很多孩子梦寐以求的事情。

这时候，高尚突然说：“马季你看，她是不是在……吐云？”

我定神一看，戴不哭在空中居然能吞云吐雾，她这是要得道成仙了？还是……飞行故障冒烟了？戴不哭难道是机器人？

身后突然传来一声怒斥，“你们浑蛋！”

我扭头一看是方白心，忙把绳子递给了她。方白心推开我和高尚，一点点地将小姑娘从空中拉回，我们不禁松了口气。

方白心喂了小姑娘两块巧克力，戴不哭总算不用人牵着也能够站得稳了。

不过戴不哭似乎有点被冷空气弄得感冒了，咳嗽得更厉害了。

我和高尚因为这事被苏老板骂得狗血喷头，一再承诺“绝不会再乱来”，还给老戴好好道了歉。幸运的是，戴不哭并不是真正的感冒，只是空中空气太差，让她的喉咙不太舒服。

原来雾隐星人在高空中会从肺里排出大量水汽，距离地面越高，气压越小，身体越轻，雾隐星人体内释放的水分就越多，看起来就像是在吞云吐雾一样，这也是他们独特的种族天赋。唯有到了成年他们才能够熟练掌握控制身体的方法，起飞和降落才会变得容易起来。身体不好的雾隐星人没法子在空中飞行，这也是老戴和他前妻不让女儿飞行的原因，她身体虚弱，并不足以支撑她真正飞行。

体弱这一点戴不哭仿佛继承了她父亲的体质。这些天老戴独自一人带着女儿，疲态尽显。他仿佛一口气工作了一个月，也很少主动说话，还喝了很多咖啡和功能饮料提神。

当爸爸真不容易，我心里感叹。

3

戴不哭终究还是哭了。

没人知道是为什么，看到时她就抹着眼泪，小声小声地啜泣着，哭得伤心又凄婉。

小姑娘的鼻子眼睛都通红通红的，哭累了就趴在桌子上睡着了。老戴将她抱进杂物间的沙发上，并给她盖上被子，然后摁掉灯，悄悄地关上了门。

老戴叹了口气，“大概是想她爸妈了。”

“她爸妈？”

我们几个都没听懂。

“我没说过吗？我不是她亲生爸爸……”老戴有些意外，“忘记说了，不哭是当初我和前妻领养的孩子，她爸妈是我前妻同一个考察队的同事，死于一次飞行意外。他们身体的水分全部挥发掉，飘到了宇宙深处，死不见尸……”

他打开头盔面罩，露出有些倦惫虚弱的脸，“我和前妻一年就离婚了，但不哭叫我爸爸，他就是我孩子。”

高尚比出大拇指，“纯爷们儿。”

我也赞道：“老戴真男人。”

前台的孙倪好奇地问道：“她为什么这么像你？你不说我真的以为她就是你的亲生女儿，简直一个神态。”

老戴关上面罩，“据说她亲生爸爸和我很像。”

突然，从杂物间传来一声尖锐的呼救——“爸！”

老戴一个猛冲，把我们吓了一跳，上次唱个歌就把脖子给扭了，这下子他的细脚踝能受得了吗？他打开了门，戴不哭正双手抓紧沙发，头下脚上地飘浮着，将半边沙发都拖得离地而起。

老戴不知道哪来的力气一把抓住小戴的手，硬是将她给拉回到了地上，他从兜里翻出一块饼干递过去。戴不哭小口小口地吃掉后，总算稳稳站在地上。

“不能多吃，”老戴还不忘告诫女儿，“吃得太多，以后可能就飞不起来了。你要像你妈一样，随时可以起飞，不能像我这样一直被重力拖着。”

戴不哭似懂非懂地点点头。

后来我才知道，雾隐星人天生具有的飞翔能力也是有限制的，这更像是一种后天锻炼自己才获得的能力，一定要在饥饿时尽可能地忍耐，饥饿之后却不能大快朵颐。因为唯有在饥饿之际才能够分泌更多的激素，不断改造身体，变得适合飞翔。

当你忍不住口腹之欲，就会变得越来越沉，到最后会完全无法动弹，身体完全无法适应低压环境，只能在雾隐星雾霭中的沉重浮岛上度过余生。

这也是为什么老戴有时候宁可让不哭饿得飞起来，也不要让她随时饱腹。

饥饿地飞翔，还是饱饱地被引力束缚，每个人的答案都不一样。如果是我的话，大概还是选择饱饱地落在地上，天上并没有我的爸妈，我也没有一个人人会飞的故乡。

自从戴不哭来了后，老戴每天上下班都会带着一个巨大而沉重的拖箱，他一只手拉着箱子，另一只手牵着女儿的手，瘦弱佝偻的老戴通过这种方式保护着戴不哭，让自己能够在紧急时刻拉住起飞的女儿。看着他们离去的背影，我总是产生一种错觉——老戴会带着女儿一走了之，和前妻见面，在夕阳下拥抱、激吻，然后复婚。一家子过上幸福美满的生活。

但老戴一次次离开，一次次返回，平凡得仿佛一切会永远地重复下去，这就是我们地上人的生活。

我凭借着自己“马脸叔叔”的优势得到了小姑娘为什么哭泣的答案。

她玩着自己的手指说：“爸爸脖子很累，我难受。”

4

戴不哭的妈妈来接她的这一天，我们所有人都去送行。

原本以为戴妈妈会踏着云彩来风风光光地接走女儿，却没想到她是从一辆小轿车上下来的。的确是一个光彩靓丽的女人，穿着得体、仪态优雅，她从车上下来，很自然地从老戴那里接过戴不哭的小手。

老戴站在原地，由于头盔遮挡，我看不清他脸上的表情。他站得很直，平常弯曲的脊柱这时候是笔挺的。他如同即将赶赴战场的将军般取下头盔，让女儿看到他并不英伟的脸。

小姑娘看了看他，“爸爸，我走了。”

老戴点点头，嘴巴动了动，却什么话都说不出来。

他前妻看过来，朝我们微微点头，“谢谢大家的照顾，我们走了。”

“等等！”

老戴拖着他用来当铁锚的巨大拖箱过去，蹲下打开密码锁，小心翼翼地从里面翻出一件看起来像是战术背心的东西给女儿穿上，背上还有一个小型金属瓶，又给她换了一双厚底鞋子、防风面镜、复合式呼吸管，再给她戴上一副厚实的魔术贴手套。

他给女儿整理着装备，对旁边脸色疑惑的前妻说：“记得定期保养，一个月保养一次。压力瓶里补充普通清水就行，也可以冲兑葡萄糖和盐水，水会通过软管到达面镜下的呼吸阀，只要吸一下就能进入嘴里，这用来补充在空中散失的水分。

“复合式呼吸管不需要特别护理，但滤芯最好还是三个月更换一次，里面的加热装置能够让吸入的氧气不会太冷，刺激到呼吸道。

“高空中容易缺氧，口袋里还可以带一些应急药品。

“鞋子千万不要脱下来，里面有信号发射器，能够通过背心上的按钮直接进行求救信号发射。

“这防空战术背心是采用最新宇航级纤维而成，里面自带压力计、紧急供暖和预警装置。如果发现你失重就会启动，里面会计算你距离地面的垂直高度，并在最适合的高度打开降落伞。

“鞋子里有助推器，背包里有喷射系统，能够支撑一百五十公斤的重物一次性飞行两个小时，以你的体重能飞五个小时。用完之后记得充能，不要超过一千米的高空。不要怕，想飞的时候就飞，想吃就吃，这样才是最好的。”

老戴因长久直起脖子显得姿势有些僵硬，这个动作对他脆弱的脊椎来说，压力还是太大。但他只是用力捏了捏脖子，仿佛在给颈椎、给自己打气。

他蹲下来抱了抱女儿，“多和朋友们说话，像你妈妈，不要像我。”

老戴朝着小女孩挥挥手，退后到和我们齐平线上。他又戴上了那个笨重的头盔，将自己再次隐藏了起来。

前妻朝戴不哭招手，“我们该走了，把身上的东西脱下来。”

小女孩倔强地站在原地。

我听到“滴滴滴”一阵鸣叫。

戴不哭“咻”地腾空而起，她的飞行轨迹十分凌乱，看起来就像是一枚被刺破的超大气球，被身后的气流撵着在周围来回穿梭。为了避免和她撞上，我们几人不得不趴下。

十几秒的疯魔乱舞之后，戴不哭居然开始熟练了起来。她利用背部喷气装置悬浮在我们上空两米左右的位置，头发被风吹乱，那根方白心送她的缠头带也被吹得不知道去了哪里。小姑娘看起来神采奕奕，加速飞行并没有让她害怕，取而代之的是她脸上人人都看得出来的兴奋。

“戴不哭，给我下来！”她妈妈厉声道。

“让她飞。”老戴说，他看向在空中漫步的女儿，“放心，上面有我设计的……”

戴妈妈突然脸色一白，“小心！”

一架不知从哪儿窜出来的微型无人机直向戴不哭的后脑勺撞去，由于速度太快，双方根本不可能来得及避开。戴不哭浑身装备齐全，恰好就缺脑袋上一顶铁盔！

我眼前一片空白，只听到砰的一声爆鸣，无人机变成片片碎块落地，惊魂未定的戴不哭正在空中大口呼吸着。

她肩上多了两根小小的微型电磁炮，它们犹如两个小小的犄角，很快就收回到了她的战术背心之中。

我和高尚互相对视，都看到对方眼里的震惊，这还真是战术背心啊！老戴疯了么，居然给他女儿装了火炮！

包括他前妻和戴不哭在内，我们所有人都看向始作俑者——戴逻辑先生。

他拉开面罩，露出一个自信的笑容，“升空后面对这种类型的袭击，自动电磁炮都会迅速阻击。如果觉得不需要的话，拉动右臂那个红色按钮就可以关闭成手动模式。”

前妻脸色铁青，“你疯了戴逻辑，你给一个小孩子装上武器？”

老戴慢悠悠道：“按照TIA通用法律规定的管制品条例，不哭背上的两个微型电磁炮根本算不上高功率，它们只会对近距离电子产物造成干扰和反击，对人没有影响。”

谁也没想到过，默不作声的老戴居然搞出了这么一套装备。我这才想起，难怪之前老戴一直很累，原来他下班后还要花费大量时间设计打造出这样一套为女儿准备的飞行装备。

他看了看前妻，“你有你的风格，我有我的方式，但最后还得看不哭自己。走吧，再不走就赶不上最近的一班航班了。”

戴不哭最终还是回到了地上，坐进车里后她一直回头看。我们之间的距离越来越远，直到远到连车灯都看不见。

我想起小姑娘和我说过的话，她为她这个没有血缘的父亲而哭。但也正是这个只能在地上默默行走、连抬起头都很困难的男人，硬是用自己的双手给她打造了一双钢铁翅膀。

等女儿和前妻再也不见踪影——

“那个，其实我脖子又扭了，大家帮我打一下急救……”

老戴闷声向我们求助。他双手托着脑袋，姿态固定，就像是一只可达鸭。

我们忙冲上去七手八脚地将他送往医院……

12 睡美人

硅基人

特　　征： 浑身银白色，只能在高温环境下活动，低于500摄氏度就会陷入沉睡状态，并呈雕塑状。他们被热量吸引抵达一颗星球时，该星球基本上都是处于爆炸毁灭的状态，故而他们又被看作是死神的标志。

职业选择： 独行者、移民者。

爱　　好： 乘坐陨石星际旅行。

1

站在门外，我抬起手准备敲门。可握了几次拳头，还是放下了手。

算了吧，一个人去就好，反正也不是多了不起的事。

心里这么想着，我转身刚要下楼，却听到身后“嘎吱”一声。

“马季？”身后传来塞壬略带疑问的声音。

她手扶着门站在门口，略长的头发绑在脑后，穿着黑色短背心，露出一截没有任何赘肉的平坦腹部，下面一条牛仔短裤，看起来已经和普通地球姑娘没什么两样。

我尴尬地笑笑，走进她那间小小的屋子。塞壬和另一姑娘合租，室友常年夜班，白天都关门闷头睡大觉。

“我正要去给巴雷特买鱼粮。”她给我倒了一杯白开水，又从冰箱里摸出一个西瓜，挥舞着一把大刀把西瓜切成两半。

我瞄着她切瓜。

毕竟是前职业杀手，用冷兵器的手法一如既往得好，切口整齐。切完她习惯性地用毛巾捂住了西瓜的“伤口处”避免汁液流出来，就像是刺杀完目标后清理现场血迹一样。

我们俩一人半个瓜，用勺子挖着吃。

“你的那个海洋公园怎么样？”我没有直接说出来意，前不久塞壬考过了驯兽师证，她终于可以光明正大地养着这一条恶鬼鱼巴雷特，这也意味着我们的临时婚姻进入了倒计时。

“包中午饭，有鸡腿和苹果。”她将西瓜子准确吐到了旁边的垃圾桶里，每一颗都是划着同样的弧线落袋，比起我用勺清理的缓慢动作要潇洒得多。

我看向旁边靠墙的巨大鱼缸，巴雷特肚皮朝上泛着白，嘴巴张大，鱼眼涣散，动也不动地如同浮尸一般。

我提醒她："巴雷特是不是该看医生了？"

塞壬瞄了一眼，"没事，它在睡觉，估计是在做梦。"

鱼是这么睡觉的吗？

我说起正事："最近'秘密女士'到我们市，今晚会直播进行第一次唤醒，方白心那里有票，我拿了两张，你要去吗？"

"去啊。"她毫不犹豫地点头。

"你不是要上班吗？"

"请假啊。"塞壬做事总是这么果断，就像她当初拉着我要和我领结婚证一样。

她很快就打电话请假完毕，说自己先出去买鱼粮，让我在这里先待着。

她才一走，巴雷特就开始在水里游来游去，毫无之前死鱼的样子。我有些疑惑，这种鱼真的能够杀敌于几百米之外吗？

我小心翼翼地伸出手指摸了摸它露出水面的鱼鳍，结果它猛地一仰头，嘴里一口细密的尖牙咬下，发出仿佛金属交错的声音。若是我躲避动作再慢上一分手指就没了，吓得我一身冷汗。

难怪被相关机构评定为危险动物，看来它不只是会开枪。

我看到门后的太阳帽下挂着什么东西，我小心翼翼地撩起帽子一看，原来是一个飞镖盘。只是这飞镖盘上却贴着一张男人的照片！

照片上的男人有一张漂亮的脸蛋，鼻梁翘挺，笑起来像是《老友记》里的乔伊，有点傻气又很纯真，自带一股挑逗的意味，是属于容易被女人喜欢的面容，男人大多数应该也不会讨厌。

照片被固定在飞镖盘上，脸上因被飞镖射过很多次，变得坑坑洼洼的。我在旁边口袋里翻找到了几把尖头飞镖，还有好几张此男的照片。

完蛋了！我内心拔凉一片。

如果换成其他女人这么对待一个男人，大多数是充满憎恨的情况，但塞壬是前职业杀手，习惯和普通女人不同。她这不就意味着瞄准目标，看上了这个笑脸男人？

女大不中留啊，我嗟叹之余又觉得不甘心。摸出镜子对着脸比较了一下，我也不就是眼睛小了一点、笑起来没那么灿烂、脸长了一些，还有头发没他多而已吗？但我也不错啊。

难怪最近塞壬穿得越来越女人了，而且笑容也多了起来，说话也不像是最初见到的那样冷冰冰的了，原来都是因为春心萌动了！

我有点生气。

大家再怎么说都是夫妻一场，离了婚之后再找男人不好吗？这样让我怎么想，被莫名其妙地戴了绿帽子，我很没有面子的。我决定回头好好警告她一下，婚内出轨是要遭到舆论谴责的。

但她回来时我什么也没说，时间太紧，我们需先出门坐车，一直到某个指定地区。那里被指定为“秘密女士”首次苏醒场地的同步放映点。

眼下避开堵车才是最紧要的，“出轨”这种不太重要的事情还是以后再提。

2

“秘密女士”是一个罕见的硅基人。

在整个TIA已经探索过的广袤宇宙之中，真正近距离接触过的硅基人也仅仅“秘密女士”一人而已。说来他们这一族也很古怪，往往是一颗星球要爆炸毁灭，硅基人就来了，而且很兴奋地发出打招呼的信号。他们抵达时，原本星球上的智慧种族基本上已经差不多灭绝了，于是他们只能再次寻找下一个地方。

问题是他们总是这么来。

世界毁灭时他们准时出现，就像是他们和死神有过某种私下约定一样。玄学家们几乎一致认定——硅基人就是毁灭和死亡的标志。他们是厄运使者，最好不要和他们一族产生任何联系。为了种族的安全和延续，远离硅基人，一旦收到他们的打招呼信号，不要犹豫，迅速准备跑路，迟一点说不定星球就爆炸了。

但这是玄学家的观点，地球科学家们向来倔强，对玄学家的看法嗤之以鼻。他们给出了己方的观点，明明是硅基人至少要在超500摄氏度的环境才会勉强适宜生存，对于碳基生命来讲500摄氏度已经是毁灭性的打击。两者并不存在前后因果关系，只是环境变化吸引了硅基人而已。

碳基生命和硅基生命就像是生活在水火不容的两个极端环境中，一般情况下，彼此很难在真正意义上产生深度触碰和交流联系。

玄学家顺势提议，既然科学家们这么自信，不如把TIA至今发掘并保存到的唯一硅基人“秘密女士”交给地球科学家们保管，并且可以帮助他们进行研究。

科学家们怕什么，你敢给我们就敢收，高高兴兴地接手了“秘密女士”。

“秘密女士”是被发现在一颗荒凉星球上的硅基人，最初发现者还以为是石雕，检查之后惊人发现她居然是具有深度活性的，外表石皮不过是氧化物而已。再三测试和反复核对，终于确定了“秘密女士”是一位极度罕见的硅基人。

玄学家一再强调千万不要把她唤醒。原本“秘密女士”在TIA也是放在中央博物馆，花费了大量财力却不能创造出应有的价值，食之无味弃之可惜。反正不敢进行深度开采，眼下能够转移给地球是一个最好的结果，出事了他们自己承担。

结果内部分配了一番，就到了我们市区。据说是因为最大的室内高温实验室在我们市区才建立不久，恰好可以派得上用场。

科学家们倒也不是瞎大胆，在进行了精密计算模拟以及充足的安防准备之后才决定唤醒这位在博物馆待了一百多年的硅基人。

昨天方白心靠以前在研究所里的关系拿到了“秘密女士”的现场复苏首映入场券，被办公室的人一抢而空。

原本我是和高尚一起去的，没想到他突然拉肚子，只能在家里休息。想来想去，我只有找塞壬一起去看比较合适。

“秘密吗？我知道她。”塞壬“哦”了一声，“以前她就是在我们隔壁的一颗星球上被发现的。”

塞壬此时已经没有我们最初相见时的那一股杀气，变得平和的有些呆。但这只是她的职业病导致，外人无法猜测她心中所想，这是职业杀手必备的情绪控制。

最近，我一直在避开和塞壬过于亲近，总有一种不妙的担忧。她的变化让我不安，而且我和她之间纠缠得越来越复杂，让我下意识地想要避开她。

我们一起在她小小的屋子里吃东西依旧放松而开心，需要她时她也总是在，反而是我对她的关注似乎总是不够。哪怕是朋友之间，这样也是很不负责的。

可惜，我马季恰好就是一个不喜欢负责的人。我甚至连对自己的过去负责都没做到。

想到这里，我心情更是复杂，“在你们隔壁发现，那当时一定很轰动了。”

她看向窗外，“当时的人都以为那颗星球会爆炸，大家都拿着望远镜望过去。反正我们之间距离很近，结果没有，让大家很失望。”

看来幸灾乐祸的乐趣在哪个地方都是同样的。

“最开始在发现‘秘密女士’的时候，那地方就火山喷发，死了几个人。后来又在飞船运送的过程中遇到了罕见的陨石风暴，八艘飞船就一艘幸存，运回去后又疯了两个研究员，好像是吃了过期的蘑菇，所以‘秘密女士’被很多人害怕。”

塞壬倒是一点不怕，反而有些跃跃欲试，“据说她睡了至少五千年，因为那颗星球太冷，已经无法把她叫醒。”

我们终于抵达了电影院。为了不影响正常的城市生活，研究所直接授权给了市区三个大电影城让他们可以同步直播“秘密女士”的唤醒过程。

就像是看一场货真价实的大片，我们买了爆米花可乐，穿过拥挤人群到了自己的座位上坐下。

整个电影院突然黑了下来，荧幕上打出文字："请大家尽可能保持安静"。

下面有一个倒计时一分钟的计时器，应该是距离同步直播开启的时间。

塞壬突然问我："你希望她醒来吗？"

我顿时明白过来，她指的是玄学家对"秘密女士"的偏见，认定这个女人的苏醒一定会带来灾难。但我觉得没什么，地球上的生命其实已经更新换代过好多次了，电视上天天都在说末日这件事，好像也不是那么可怕。用高尚的话说，世界末日至少比得了痢疾好，拉得都要脱肛了；世界末日还要仁慈得多，几下就完，不会一直刺你屁股。

5、4、3、2、1。

我突然觉得有一只手抓紧了我的手指，还摸来摸去。我看向塞壬，她正在一只手抱着爆米花纸盒，一只手抓起爆米花往嘴里塞，转脸看过来，"嗯？"

旁边传来一声，"不好意思，抓错人了。"

我顺着声音看过去，竟然是一个大块头的威武男人。他旁边还有一个姑娘，正脸色古怪地看着我们。我们立刻松开了手。

塞壬凑过来低声说："要不要我们换一换？"

我用湿纸巾擦了擦手背，本想说好，可一想到万一这男的摸的是塞壬也不对劲，还是抓我比较好一点。

3

荧幕终于亮起。

一个年轻科学家对着荧幕有些紧张地说："下面是'秘密女士'在高温房里面的苏醒测试，我们采用的是最新的高分子材料……"

他噼里啪啦地讲了一堆名词数据，听得我想要打哈欠。

镜头一转，终于到了正主。

画面上出现一尊女性石雕塑，她坐在一块石头上，左手食指放在嘴唇上，仿佛在说"嘘，保持安静"。除此之外，石雕看起来平平无奇，既不精美也没有什么特别之处，就连"秘密女士"的脸也坑坑洼洼，模糊残破。

左下角荧幕上显示着温度，很快就从日常的26摄氏度飙到了100摄氏度，高精度摄像机捕捉到石雕上面已经多了些细小裂纹。

到280摄氏度时，石壳已经在片片破碎滑落中，里面"秘密女士"的真容总算显现了出来。

这时候我只觉得再次被一只大手抓住了手。

我无语地看向右边，那位大块头老兄立刻松开手，"我有点紧张。"

我递给他一片口香糖，"吃这个可以缓解一下。"

他说了声"多谢"。

此时我听到电影院传来一阵整齐的吸气声，立刻扭头看向荧幕，"秘密女士"竟然是全裸出镜！想想也不难理解，怎么可能一直穿戴整齐着被石化，几千年衣服也该灰飞烟灭了。

最可恶的是研究所方的人竟然在一些敏感区打了黑条码，我和旁边的大兄弟都发出一声男人才懂的叹息。

按照电影院规定，此番直播并没有分级制度，必须打码。

但其实并不用，因为“秘密女士”并没有地球女性或者说碳基生命中女性那样的性特征，她胸口平平，也没有生殖器。硅基人并不是有性繁殖，而是一种特殊的分裂繁殖后代，这个过程漫长而且困难，所以硅基人一直不多。

“秘密女士”有一张精致到近乎完美的脸孔，比起任何一个明星都不逊色。她身体是透亮干净的银色，这是硅元素的色泽。温度持续升高，到500摄氏度的时候，她眨了眨眼，整个电影院立刻响起了惊叹声。

接下来从500摄氏度提升到1000摄氏度时她慢慢活动了起来，仿佛整个人从原本呆滞的石头模子里苏醒了。她缓缓站起来，伸了个懒腰，用手指触碰高温房里面的墙壁，最后她发现了镜头，居然对着我们笑了。

她挥了挥手，似乎在和我们打招呼。

此时画面突然一下子黑屏，引来大家一阵骚动。

我突然感觉背后有人在摇我的椅子，我扭头看去，那里却没有人。难道是我眼花？可手里的爆米花正在随着我的手臂不由自主地剧烈晃动，如同是帕金森症发作，抖动得越来越厉害，直到从纸盒里都蹦出来弹射到我脸上。

塞壬一把把我拉到椅子下，“地震。”

我才刚趴下，只觉得脚下地面开始上下翻滚抖动，我被震得七晕八素，只能一只手抓住椅子，另一只手没命似的拉住塞壬的手。耳边是各种惊叫声，不少人选择了冲出去，场面无比混乱。

好一会儿总算是安静了下来。

“起来吧，没事，才4级地震。”

塞壬已经坐回了座位上，眼睛看向屏幕，她手里爆米花都保护得很好，还递过来让我吃点压压惊。

除去她之外，还是有不少人很淡定地坐着继续等待看直播。让人意外的是，我旁边之前那位紧张的哥们和他女伴也坚持在看。

荧幕很快继续点亮，“秘密女士”银色的身体被一层薄薄的黑灰色衣服包裹，不知道是研究所做的，还是她自己做的。她走到屋子中央的一个小池子边上坐下，池子里里面有灰白色金属液体硅。

影像下方给出了一条滚动新闻：

中国地震台网正式测定：06月06日19时04分在××(北纬××度，东经××度)发生4.2级地震，震源深度9千米。请大家不要担心。

“秘密女士”已经开始把玩那一团果冻一样的银色液体。根据先前资料显示，这是研究所准备的晶体硅，作为“秘密女士”的食物使用。

没想到她只是坐下来，用手抓了一把糊状硅液，捏着什么东西，有一大块椭圆形的圆柱体，有长长的棍状物，最后她一点点把它们捏合起来，变成了一只金属狗。那金属狗一下子从地上跳起来，摇头晃脑地跟在她身后摇摆。

“秘密女士”又捏了鸟，她做的鸟会飞，地面动物会跑来跑去，如果给她多一点时间，我估摸着这里会变成一个小动物园。最后她揉出一条贪吃蛇，把周围的小动物都给吃到了肚子里，并且开始啃隔热层。

我低声问塞壬：“她这是什么能力？”

塞壬摇头，也不知道。

如果可以徒手制造生命，那简直是造物主才拥有的能力。硅基人固然神奇，可也不可能具有这么离谱的能力。

最后她捏了一个话筒，张开嘴，一阵奇怪的声音传了出来，听起来像是一种古老的音调，她是在唱歌。可随着她的开口整个画面开始扭曲起来，似乎是被强烈电磁波干扰着。

画面陡然转回到了那个年轻科学家发言人处。

他擦着汗读起一张发言稿：

“‘秘密女士’此次苏醒成功，是我国科研前进的一大步，关于硅基人的误解相信也能够随后得到澄清……此次直播到此结束，以后我们会选择用全网直播的方式进一步对大家公布关于‘秘密女士’的消息，请大家敬请期待。”

4

没过多久，“秘密女士”的第二次全程直播开始。

与上次不同，此番她是被套了巨大垃圾桶一样的隔热服的工作人员采访。

“秘密女士”坐在一张石头椅子上，双腿交叉，手放在膝盖，似乎与大多数女明星没有什么两样。她的面容都变得和地球人差不多了，只是要略白一些。她头发弯曲而柔软，面容柔和而温顺，很难让人联想到她身体的绝大部分都是半金属材质。

“大家好，我叫超怕冷。”

她对观众们挥挥手，露出一个大方甜美的笑容。今天超怕冷女士穿着正常人类的服饰，是她用硅晶体制造的，和普通衣服的材质明显不太一样，立体感更足。

真正让人意外的是硅基人居然说了中文，更像是一个在国内求学的外国人接受采访，仅仅是皮肤更白了一点。

但她还是没有掌握更多的词汇，不断对那个工作人员比画手语，并且嘴里发出让人听不懂的音调。

工作人员开始同步翻译。

“秘密女士”超怕冷旅行中搭乘的行星突然轨道异常，迅速变冷，并且进入了一颗星球的大气层，并撞击在了星球表面上。当地温度对硅基人来说很低，超怕冷很快就陷入了沉睡。

至于硅基人的历史和群体问题，超怕冷知道的也很少。她只见过一个同类，那是一次擦肩而过的旅行，他们只是互相招了招手，如此而已。

硅基人的苏醒需要大量的热度来支撑身体活性，低于500摄氏度就会陷入沉睡中，这是身体结构导致。他们附着在本身热量很高的星体上，依靠热能保持苏醒，如果回不去自己的星球就很容易陷入沉睡。

母星硅星到底在哪，超怕冷也不知道，她从记事时就在星体之间旅行。一会儿醒来，一会儿沉睡，她估计自己可能有超过一万年的年龄。

她笑着说：“总之能够在地球看到大家，真是太好了，听说这颗星球有成千上万的人……”

超怕冷打了个哈欠，用手捂住了嘴。

工作人员立刻转过画面，“看来超女士还没能调整好生物钟，我们到这里就暂时先告一段落。”

超怕冷很礼貌地对着摄像头挥手，用还有些生涩的中文说：“我爱你们，拜拜。”

接下来的一段时间，超怕冷频频出境。她轻车熟路地接受各路采访，让众人十分吃惊，难道真的有生而知之的人？

硅星到底是怎样一颗生命星球，这让人很好奇。

但更有趣的是关于对超怕冷的猜测。

很多网民认为硅基人其实就是神话中的女娲，证据在于女娲用五彩石补天，并且以黄土捏造了人，完全和超怕冷在视频里第一次露面的情况一样。

很快超怕冷就在采访里否定了这一说法，她说用硅晶体捏小动物只是硅基人一种很自然的娱乐活动。硅基人基本都独自一人，常常很无聊，捏点小东西跟着会觉得有趣。这些制造的动物其实并不具有生命力，只是被她体内散发出的波动控制跑来跑去，充其量算是一堆特殊的小玩具。

高尚对此嗤之以鼻，“但凡是有点常识的人都知道，可能吗？她捏的是锡兵还差不多，一千摄氏度的高温只有她们硅基人受得了。我倒宁可相信她是地狱的潘多拉。”

他讲的是第二群人，他们认定硅基人超怕冷就是妖女潘多拉复苏。神话中潘多拉是火神用黏土捏造的第一个女人，这和硅基人几乎一模一样，高温，类似于黏土，就差了一个装着灾难的盒子——说不定她藏起来或者用掉了。

舆论交锋中最有趣的还是科学家的发言人。

他们高调地开了新闻发布会，并且邀请了玄学家同人过来讨论。其实是在变相告诉对方，你们那一套故弄玄虚完全就是唬人，我们地球人见的多了，不怕什么世界末日。大不了兵来将挡，水来土掩。

双方又是一番唇枪舌剑，最后闹得不欢而散。

超怕冷女士很快就获得了国务院特殊审批之后的我国绿卡，正式成为第一个中国硅基友人。

她很快就在TIA网络上开通了自己的直播频道，仅仅一个月就变成和著名主播“辞职兄弟”一样的超火红人。

不同于辞职兄弟专门做户外，超怕冷喜欢并且擅长聊天，她可以同时和成百上千人沟通，利用脑电波能发送多重信息。最关键的是，她永远准时在线。

5

每晚超怕冷小姐总会准时上线，她和地球人不一样，似乎什么事都无法惹怒她。超怕冷就像是她给自己取的名字一样，除去寒冷之外其他都不怕，而过于寒冷也只会让她石化而已。

我也忍不住试探性地发了信息，每一条她都有回答。

最初我感兴趣的是她怎么在地球生活，她回答得很清楚。现在研究院给她配了一间特殊的个人房间，里面根据她提出的要求建造，保持在1000摄氏度的恒温，她只要有充足的热能就能保持精神抖擞，身体会自动吸纳能量。里面的设备也是覆盖过一种特殊的材料保护，并不会因这种高温而融化。

“超小姐，上次首映直播我去看了，有一点很好奇，硅基人似乎是没有性别差异的？”我问了一个比较敏感的问题。

她很快就回答说：“当然有的呀，只是我们和你们不同，是用思维和生理双重方式来区分性别的。硅基人中有一些天生就喜欢到处去冒险，奔向最远的热能星球，找到之后他们会留下标记，给族人指引，然后马不停蹄地跑向下一个星球。他们一辈子都在跑来跑去地做标记，无法生育分裂，是男性。像我们这样懒得动，只要有合适的星球就会留下，具有自我分裂功能的，是女性。”

硅基人之中，男性去冒险寻找适宜暂时居住的地方；女性顺着他们的足迹居住，经过漫长的时间自我分裂繁衍。硅基人两性的区别就在于这里。

按照硅基人的年龄，超怕冷小姐还很年轻，因为她还从未分裂过，分裂过一次才算是成年，分过两次才算是老人家。

渐渐我习惯了在每天睡觉前看看她的直播。

超怕冷丝毫没有一个话题红人的矜持与高冷，她总是不断地尝试新东西，她短时间内就学会了中文，能够通顺地和每一个人语音通话，只是有点慢而且平翘舌不分。她也在学习跳舞，虽然目前跳芭蕾都像是机器舞……

为什么晚上才直播一会儿？

她白天需要配合科学家们研究，而且她还在尝试克服自己对温度的恐惧，已经成功从1000摄氏度下降到了997摄氏度，自我锻炼进度很快。她还在努力学习地球文化习俗，这花费了她很多时间。此外，她也需要一定的时间来提纯身体保持健康，类似于我们的睡觉和运动。

网络上游荡着一个个虚拟ID，对熟人难以启齿的事情面对超怕冷小姐反倒能够说出口来。

“其实我少了一年的记忆，之前的很多事情也记不得了……我不知道现在该怎么办，去继续追这件事，还是当这一年根本就不存在。”

听了我的描述，她想了想才开口：“找啊，你既然已经开始在寻找这一段经历，说明这对你很重要，现在你只是觉得辛苦，有点怀疑自己。但是这条路的方向你已经很清楚了，剩下的只需要跟着往前走，不管前面是什么，你都会得到自己真实的答案。”

听了她的话，我心里舒服了很多。人有时候就是这样，需要找一个人抱怨抱怨，让人给予一点鼓励和安慰，就像是一辆车，总有跑得没油了的关头，能加一把油对车手来说很重要。只不过大多数车手都是默默开车，并不想要别人知道自己已经没什么油了，那样显得自己软弱又无助，要被人笑话。

既然已经这样了，我说出了自己的第二个麻烦。

“是这样的，我结了婚，但是我和我妻子其实互相之间没什么感情，但是现在我又感觉有些喜欢她。眼下有个问题，她和一个男人有了感情纠葛，她又考了驯兽师证，有了这个证她就可以和我离婚，而且原本她是一个杀手，如果我拒绝离婚，肯定后果会比较严重……”

情况复杂，我说得有点语无伦次，只好又从头讲了一遍塞壬和我的纠葛。

眼下情况严峻。飞镖上那个男青年和塞壬走得很近，我几次偷偷去海洋公园偷窥，都看到他们俩人在一个池子里搭档着训练海豚。我调查过这个人，我们人力圈要搞清楚一个员工的情况很容易。

我很轻松地就从他们公司的人力那里搞到了他的个人情况，这人竟然为人十分正直热情，而且风评良好，没有任何不良事迹，还是他们公司的杰出员工，这让我很为难。若他是一个花花公子，或者是工作上作风不良我还有办法帮他扩大一下"影响力"，可他是一个好人，这让我有力也使不出来。

有这么一个情敌很让人沮丧，更让人痛苦的是塞壬毫无疑问对他更关注，竟然都已经到了用飞镖扔红心和收对方照片的阶段。她可从来没有问我要过照片，我们连一次合照都没有过!

假结婚就是有这种问题，互相之间会刻意地保持一个距离，好像无时无刻不在提醒着对方，"喏，我们俩是假的，不是真的，不是真的，你要明白。"

感情这种事情是说不准的，它会毫无理由地冒出来，就在我在塞壬房间里发现那个绝世好男人的照片时，心里一股酸楚，这意味着什么我很清楚。

这回超怕冷小姐没有直接回答，"硅基人，我们其实自称为火人，对其他人，像你们这样的低温下生活的碳基人，我们叫水人。火人只能够在高温的地方生活，水人必须在有水源又冷的区域活动，我去过不少星球，有好多地方都有水，但温度足够我们使用的却不多……"

"在硅基人之间，一个人能够碰到另一个人，哪怕只是擦肩而过，也要努力给对方打招呼，争取能够互相看见。地球上这么多人，你们每天都会擦肩而过，真的太好了。”

她语气中带着羡慕，“我们没有结婚的说法，也几乎没办法两个人一起生活，如果我是你的话，肯定会和她好好打招呼。”

我住在和塞壬家不到十分钟的路线上，但我很少去那里，除非是她请我过去吃东西，让我帮忙买鱼粮。触手可及的距离，我只要调整一下步伐就能走到塞壬楼下，此前我从未想过会有一天我不能再去那里。

回想起来，塞壬杀气腾腾地用鱼射击的样子也是可爱，她抱着吃瓜很帅气，吐西瓜子的样子优雅，双手扒开巴雷特狰狞的巨嘴喂鱼的样子充满爱心，就连无聊时在家里练习倒立走路也是锻炼身材的女神行为。

再考虑到塞壬又独立完成了外语学习并且考上了驯兽师证，她还是一个努力上进的人，多好。

喜欢一个人原来偶尔是会迟到的。

我不想离婚。

对不起，只能让你小子背锅了……

6

是人就绝对会有弱点的，超怕冷小姐这样的女神也怕冷，塞壬怕职业挫败，那么这个海豚男也会有缺点才对。

稍微跟踪调查了一下我就发现，他这个人居然怕虫子。

我买了一盒子的蚊子和蟑螂，趁着此人外出训练海豚时塞进他的换衣间箱子下面。但放进去之后我才意识到一个问题，好像忘记打开笼子了，我正小心打开，背后传来一个熟悉的声音。

“马季，你在干什么？”

擦着头发的塞壬好奇地看过来，她凑到我旁边，看了看地上盒子里的虫子，“海洋生物不能随便喂虫子吃，会得病的。”

我心里大大地松了口气。

身后突然传来一声惊叫，“虫子！”

那个海豚男躲在塞壬身后，抱着她的胳膊蹭，塞壬拍着他的后背安慰，这家伙一副害怕的模样，给我看得气够呛。

从他挑衅的眼神中我也看出来了，这家伙绝不是什么省油的灯，什么好男人，完全是一个妖艳贱货。

我是被那个人力同行给忽悠了。

塞壬安慰他之余看过来，“马季你还是别来这里了，你又不会游泳，有什么事打我电话吧。”

回去我到处找人帮忙，总算得到了海豚男的真实信息。他以前居然还是一个男模，只是好像得罪了金主后被封杀，于是成了一个驯兽师，带着海豚在海洋公园里表演。关于他的私密过去我费了很多工夫和一部分钞票，总算得到了一个大概的信息。

此人还真是私生活混乱，和他金主女儿搞上之后又和那人的秘书搞上了，他和这两个人都差点结婚，但结果最后都告吹了，还被人一脚踢出了娱乐圈。

手握他的秘密，我再次急匆匆地去了塞壬所在的海洋公园。

她和海豚男正一人指挥着一只海豚在水里玩撞球。

我坐在看台上看去，海豚男一身近乎完美的男模肌肉身材，水花下笑容灿烂，一口白牙。塞壬也认真地对海豚发布命令比手势，窈窕优雅，两人的确是金童玉女，他们配合熟练而默契，引得看台上的小朋友都在用力鼓掌。

我突然不想去撕开别人的老伤疤了。

塞壬以前是一个杀手，但不影响她变成一个优秀的驯兽师。

超怕冷小姐原本是一颗灾星，可也成为知心姐姐，每天和大家聊天治愈解乏。

“大哥哥，你怎么哭了啊？”

一个五六岁的小姑娘好心地递给我纸巾。

“我没哭，是眼睛进了沙子！”我狠狠地说，把她给吓哭了。我差点被她爸给揍了一顿。

工作结束后塞壬换了身宽松的衣服，她找到守在员工办公室外的我，“马季，有什么事吗？”

我瞄了眼她身后的海豚男，他正在和几个小姑娘合影，不得不说他的确是那种容易被女人喜欢的类型。

我叹了口气，“没什么，就是想要过来找你吃一顿饭。”

听到吃饭，她眼睛亮了起来，“好啊好啊，吃什么肉？”

“随便。”

“那吃铁板烧，”她提议说，“旁边开了一家，生意很好的，我正准备去吃。优惠券我都拿到了。”

海豚男突然凑过来，“我能一起去吗？”

我真是气不打一处来，我没找你麻烦，你小子还给我蹬鼻子上脸。

塞壬说："你今晚不是要检查海豚吗？"

这话让海豚男一愣，"那下次吧……下次我请你。"

塞壬没有说话。

我忍不住说："这是我老婆，你搞清楚。"

"我知道啊，"海豚男说，"但你们完全不像是夫妻，多半是要离婚的，我可以等的。"

这人的无耻超出了我的预计，偏偏让人拿他没办法，看身材块头我也打不过他，只能郁闷地看着他扬长而去。

这一餐塞壬依旧吃得很高兴，她吃饭时总是很开心，让人看着都觉得香，我却吃得味同嚼蜡。我有太多的话想说，别看我平时八卦别人一套一套的，但是涉及自己的事情反而没辙了。

在她楼下，正当塞壬如每次一样要上楼时，我仰起头看着她，"能不能不……"

她回头跑下来，看着我，"什么？"

我改口说："你同事，那个玩海豚的有问题，你千万要小心。"

"哦。"她点点头，"你之前是要说什么？"

"我的意思是……"我搜肠刮肚寻找合适的词，"我们的情况有点影响国家政策，而且还要去排队开证明，写协议什么的……"

她眼睛看着我，"到底你要说什么？"

我要说的当然不是这个。

那几个字太难说出口，我好不容易才艰难地开口，"不离婚，可以吗。"

“可以啊。”

我怀疑是自己听错了，抬起头，看到塞壬亮晶晶的眼睛，里面仿佛有两个小小的宇宙，若是陷入其中就将开启一场不知终点的漫长冒险。

“不离婚。”她说，“你自己说的，相当于放弃了自己的这次离婚权利，那下一次离婚只有我说才能离。”

我知道塞壬和普通姑娘截然不同，但是也没有想到她把结婚、离婚看成了你一个，我一个的分梨子游戏……

“那就先写协议。”她让我去她家写了一封保证书，表示只有塞壬同意的情况下才能够离婚，是我自愿放弃离婚的权利，所以下一次离婚只有塞壬提出才有用。

我不知道这个东西有没有法律效力，但是看到她一本正经地要求我签字的样子也不好说不好听的话。

完了之后，我小心问：“如果违反协议会发生什么事……”

塞壬看向我冷冷地说：“我会杀了你。”

我心里一凉。

她莞尔，“开玩笑的，我早就不做那种事了。只是留个证明，表示是你主动要求的，免得以后赖我。”

我并不觉得她是在开玩笑。我很怀疑如果我出尔反尔，她会端着浴缸里的恶鬼鱼巴雷特蹲点在我办公室对面的天台上一枪取了我的狗命。

和女杀手结婚也许不难，可离婚还是要想清楚比较好。

程序走完按下手印后，我小心地问：“我们算是真结婚了，可不可以抱一下？”

见她没有拒绝，我轻轻抱了一下塞壬，我从没想到她有这么轻，我记得她手脚很有力气，并且曾经带着装武器的箱子辗转各地。这么轻盈的身体里不知道哪来到力量。是来自这双永远明亮的眼睛吗？还是来自她不放弃的坚韧？抑或是由于要养这条凶猛大鱼的责任感？

“我也不想离婚。”塞壬大大方方地说。她说这一句话时脸上散发出迷人的光彩，双手背在身后，就像是一朵被灯光照射到的深海红珊瑚。

其实越是八卦越是啰唆的男人，越是没有故事。生活太过于平凡，所以才需要从别人的经历中汲取养分。我其实在公司里是最平凡的那一个人，必须很八卦，才能够显示出自己的不普通。

我没有经历过缠绵悱恻的感情，和一个落魄女杀手、同时也是驯兽师的姑娘莫名其妙地结了婚，约定好不离婚，就是我们普通人表达爱的方式。

我习惯了她在身边，不管去哪里我总会想到她，替她喂鱼、和她一起去看恐怖电影，这让我觉得很舒服。我不知道别人结婚是怎样，但对我来说，这样我很自在。

确立关系后，我迅速追问了自己最想知道的问题，“那个海豚男是什么情况？”

“他很烦，我怕自己忍不住打他，所以就弄了一个飞镖盘子发泄一下了。”她的回答和我脑子里设想的简直南辕北辙。

说到这里，塞壬不好意思地说：“但是他是B证，我是A证，他是我师父，必须和他搭档才行，而且他技术很好。”

经过她解释我才知道，驯兽师居然也分A、B、C证，允许驯兽师自己饲养猛兽的必须是B证及以上才行，A证驯兽师只能在指定场所执业而已。也就是说我担心的她会立刻和我离婚，其实是不存在的。

这一天晚上，我很激动地和塞壬睡在一张床上，但是我完全躲在边上不敢动弹，害怕她还没有适应旁边有人，一不小心给我来个锁喉插眼。

但哪怕如此，她还是没有放过蜷缩成一团的我。半夜我突然觉得脖子上被手指捏来捏去，感觉自己变成了一只被厨师捏住脖子的鸡，顿时呼吸都要停滞。

一会儿塞壬又开始把我压在身下，双腿夹住我的胳膊，手臂下意识地锁住我的脖子，让我差点窒息昏迷。好在我一番大喊，总算让她醒了过来。

“不好意思，职业病犯了。”她有些不好意思地低头道歉着，“还睡吗？”

睡，我自己的老婆，我凭什么不能一起睡！

现在每天晚上塞壬都会背对我，避免下意识地把我看成一条鱼给摸来摸去，但她的吻柔软而香甜，让人沉迷——只是最近一次我发现她牙齿缝里藏了刀片，差点给我把舌头划了。

她对我发誓，这是最后一块刀片，以后家里的刀只会在厨房里，不会放在床上。第二天她就从床上摸出了好几把尖头刀、榔头、指虎、峨眉刺丢进厨房柜子里。

我能怎么办，我当然是原谅她了。

我们住在了一起，搬家时那个大鱼缸让搬家工人们都惊叹，好大一条鱼，够吃好多天了吧？我怕塞壬生气，就说：“不要和他们一般见识。他们其实没有恶意。你看，他们搬鱼缸还是很小心的。”

她摇摇头，“巴雷特已经傻了。每一条恶鬼鱼只要发动了远程攻击之后，大脑就会受损，这和地球上的蜜蜂尾针一样。它救了我很多次，我得一直养着它。”

我说：“当然，我们养着它，它和你一样退役，正好可以在鱼缸里颐养天年。”

塞壬用力地点点头，看着鱼缸被送进集装箱里，缓缓关上大门，就像是过去被一辆快车装载封闭，正在一点点送往远方。

她第一次主动抓住了我的手。

超怕冷小姐依旧炙手可热，她已经开始接一些广告，比如说太阳炉、耳环、项链、手镯、戒指、保洁品，广告上的她终于能够走出那个并不大的屋子，笑容依旧。

我特意感谢她帮我鼓起勇气，还给了一些力所能及地打赏，她也恭喜并感谢我。

旁边正在用排骨喂鱼的塞壬突然说：“你不觉得她学得太快了一点吗？我好歹在地球上待了两年，还没有她懂得多。”

这句话提醒了我，的确，有的东西可以学，但是面对采访，与人沟通的丰富经验和熟练她哪里来的？明明硅基人一直都是孤身一人上路。

难道说她曾经……

面对这个问题，超怕冷小姐却笑着说：“唯独这个不能讲，抱歉。每个人都有些过去，不是吗？”

超怕冷小姐的笑容完美地阻挡了我窥探她的秘密。

玄学家们说她是灾难之源，是会毁灭文明的邪恶生命，科学家们说她只是一种奇特高温活性的另类生命体。我相信她是见证了上一个种族的破败，看到了文明破碎边缘的样子，和她有无关系倒是不好讲。

小时候，我一直觉得好人就是好的，坏人一直作恶，但渐渐我发现并非如此，恶童也会挺身而出保护弱小，太多好人也曾对不公与暴行视而不见。在我们眼里，超怕冷是一个被热吻苏醒的睡美人，在另一些玄学家眼里她也是身怀厄运的堕落女巫，这是一回事，她是天使也是恶魔，和大多数人一样。

超怕冷小姐担任着我们极其渴望但从未见过的现实角色，美丽神秘，圣洁又温柔，聪明而善解人意。她治愈着大家日益滋生的心病，她不对任何人讲起自己的过去，仿佛从来不曾痛苦一样。

预言家德尼罗说，未来我们可以共同分享勾画，但过去我们永远无法看清雾中真容。

沉睡前她将手指放在嘴唇上，一早就提醒了再次唤醒她的人：嘘，不要问起。

13 夜市的哈姆雷特

亚特兰蒂斯人

特　　征： 上一代地球人，与人类不同的唯一在于他们天生擅长音乐，亚特兰蒂斯大门的开启就需要音乐作为钥匙。

职业选择： 音乐家，偶像。

爱　　好： 复兴帝国。

1

临近夏末，我家对面的夜市生意变得越来越好，每天太阳一落山，那里就已经支起了一顶顶颜色各异的帐篷。小火锅的麻、串串的辛辣、烤肉迷人的热油脂香、凉糕与红糖汁的经典红白配、汤圆的淡淡热气、醪糟饮的醉醺醺气息分别占据了夜市一角，等待着青睐者的到来。卤味的肉欲色泽、小龙虾的鲜亮红艳，还有更多的肉类迷人的红白色，蔬菜们如同鲜花一般在夜市绽放，你可以全部将它们吞下肚子，尽情地享受这一场饕餮盛宴。

塞壬很希望晚上在夜市吃夜宵，她吃得并不多，要么一碗浇满红糖水的凉糕，要么几串烤串、烤蔬菜，一份冰镇水果拼盘，搭配上一小盅生啤，她慢悠悠地喝，话也多了不少。

今晚我提前到烧烤摊的小桌子旁坐下，塞壬需要清理照顾一下海豚，稍晚一点到。才跨入夜市又从不关闭的大铁门里面就传来轻轻的吉他声。

顺着这声音我很容易就找到了我和塞壬习惯去的老摊位。

“哈老板。”我朝正在拨弄琴弦的青年招招手，他点点头，继续摆弄着吉他。

他叫哈姆雷特，姓哈，姆雷特是名字，看起来不像是本地人。他有一张很像是希腊人的脸，双眼皮的眼睛大而忧郁，眉毛浓黑弯曲，窄鼻翼的鼻子如同一根天然的标准分界尺，将脸分割为均匀的左右边，嘴唇却偏小，给人一种秀气又绝不会随意出卖他人的感觉。

不过哈姆雷特老板是来自哪一个国家，甚至是源自何处星球，我并不知道，作为食客，只要搞清楚老板是否能够做出美味就够了。再者，他每天晚上都会弹着吉他做生意，认真演奏，而且音乐水准的确不错，让人不忍打扰。

哈姆雷特隔壁的关东煮铺子老板高声吆喝，摇晃着两把绘了樱花的日式舞扇，自己还在跳舞吸引客人，但也并不能留下多少客人。哈姆雷特则是默默弹木吉他，烤串的每一个格子上都标了价码，客人选好交给他，将钱放进旁边他的吉他箱里就行。这种看似闷头闷脑的方式反倒是更引人注意，近乎放养的做生意方式也不知道靠不靠谱，大多数时候他也不怎么看丢进吉他箱里的钞票对不对，电子付账是否准确。哈姆雷特给人的感觉是，我主要是过来弹吉他的，顺带做点生意，以前有街头即兴rap，这是街头烧烤吉他。

哈老板拨弄了一会儿琴弦，也不得不停下开始烤东西，他穿着一件白色的围裙，用的金属签，烧烤台和他本人一样整洁干净，看起来就让人心生好感。在其他店都拼命给自己冠名，什么××烧烤，祖传××，经典××，百年老店等。就他铺子没有招牌，就是一辆四轮车，拉开之后就是一个烧烤架，在旁边放下折叠桌凳就开始做生意。

我点了一些蔬菜，几串羊肉串，放在旁边的金属架上，哈老板眯起眼睛开始烤串。他的手不太像是做这一行的人，太过于细腻，皮肤上都没任何伤口，但又十分灵活。我一直怀疑他是一个音乐人，由于某种变故不得不卖烧烤养家糊口。

他刚来时沉默寡言。我并不觉得他是自闭，只是没人能和他谈到一起去，有的人就是这样，对自己没兴趣的东西一言不发，并不愿意浪费时间。

但随着生意越做越扎实，他也渐渐变得开朗了不少，对我们这些老熟客也会报以笑容，互相寒暄。哈姆雷特并不是高冷，只是他不擅长和陌生人打交道。

有两个姑娘互相咬着耳朵，停在烧烤摊面前，其中一个胆大地问："老板，你弹得是什么曲子？"

哈姆雷特手上不停，抬起头说："《水边的阿狄丽娜》。"

这首曲子哈老板情有独钟，练习的次数最多。我还专门查证了一下，《水边的阿狄丽娜》还有个故事，源自于希腊神话。很久以前有个塞浦路斯国王，他雕塑了一位少女，然后爱上了她，于是国王就对众神祈祷，希望能够让少女变成真人，爱神阿芙洛狄忒被感动了，满足了他的愿望，让国王和少女终于能够幸福生活在一起。

水边的阿狄丽娜，或许翻译过来就是指的触不到的恋人。

"点餐了没有？"塞壬终于气喘吁吁地跑来，她穿着一双平底鞋，风一样挤过人群坐在了我旁边，由于饥饿而一脸期待。

哈姆雷特将银色餐盘放在我们桌上："塞小姐，请慢用。"

塞壬已经不管不顾地吃起来，我看到哈姆雷特用勺子从碗里夹了一块榴梿细嚼慢咽着，姿态优雅，倒是比我旁边这位更淑女。

虽然是烧烤摊老板，但哈姆雷特先生从不吃烧烤，他吃榴梿，喝牛奶，健康得让我们这些蜂拥夜市的人羞愧。

这一晚塞壬胃口出奇得好，直到他快要收铺子都还在吃个没完，并且去隔壁吃起其他东西来。

我看啤酒还有不少，举起啤酒杯问哈姆雷特："一起喝点？"

哈姆雷特犹豫了下，点点头。

2

夜市也有几班倒的说法，一部分商贩从天黑忙到近乎凌晨，另一部分专门接管夜场。哈姆雷特是前者，一般十一点就会收班，今天破例。

我举起杯子和他碰了碰，“哈老板，你让我想起我们公司里的一个同事，他叫戴逻辑，每天都在一堆显示器面前工作。他是垂头星人，你知道吧，垂头星人脑袋很重，必须戴个头盔，前不久他女儿来了，他脑袋就更大了……”

这两年来我别的没练会，就是和人套近乎变成了一项职业本能，大多数人只要不是对我本能的厌恶就能很快熟络起来。

哈姆雷特听我讲故事听得津津有味，不时也发表一两句看法。听他说话我就知道他不是什么多嘴的人，说话用词都太保守，看来背后议论人这种事很少做。

“我还有一个外星朋友，叫作李白，之前是一个歌手，倒是和你有点像，他还是有点天赋的……”

说到这里，我违心地夸了李白两句，“你和他是不是一个地方的人啊？他家乡叫作拓艾星。”

哈姆雷特摇摇头，喝了点酒后整个人看起来面部柔和了一些，说话声音带着尾音，“我是……地球人。”

“别扯了哥们儿，”我摆了摆左手，“我人见得多了，你一看就是外星人，虽然你装得很像。”

哈姆雷特那双本就很大的眼睛睁得更大了，“为什么这么说？”

“我们地球人玩音乐哪有你这样的，有姑娘关注早就麻利地要电话了。哈老板，你这一手又不是放长线钓大鱼，明显不是本地人嘛。”

我半真半假道：“还有一个最关键的……”

他专注地看过来。

“那就是，城管从不管你。”我嘿嘿一笑，“夜市那么多摊子都被找过麻烦，就你没有，要么背景来头很大，要么你就是他们的内应。你看，其他同行也没有找过你麻烦，毫无疑问是前一个。干干净净地过来弹吉他，顺带卖烧烤，除了外星友人，我实在想不到第二种可能了。”

针对外星人管理，除非是明确危害社会的行为，执法机关可以立即制止。其他如果具有争议的举止，都需考虑到对方的文明习俗。进行干涉的话，还需和一个新成立的叫作外星事务管理局的机构交涉，获得其审查授权后才能行动。

简单来说，外星人对于基层城管同志来说就是一个大麻烦，除非有避不开的，否则他们一般也是睁一只眼闭一只眼。

哈姆雷特被我说得目瞪口呆，他突然说：“马季，你是警察吗？”

“不是，只是一个小公司的人力资源岗位的职员。”我对他这个表情很满意，“哈老板，不要担心，我只是没事瞎琢磨而已……我只是搞不懂，我没有专门学过音乐，也觉得你在乐器上很有天赋，你不如专心搞音乐，烧烤摊这种地方不适合你。”

哈姆雷特不怎么与人讨价还价，有人偷偷将铁签藏起来减少支付金额他也不会去深究。他是骄傲的，不屑于纠结琐碎，我看在眼里。这种人不会左右逢源，做生意更是慢性死亡。说到底，经营铺子的关键就在于斤斤计较。别看哈姆雷特的摊位红火，掐头去尾，加上他不追究的一些零碎，他的纯盈利未必有旁边挥舞扇子跳舞的关东煮老板好。

我不忍见他继续亏损下去，所以趁着喝酒时说了出来，算是一个善意提醒。

他和我碰了碰杯子，“我也知道我不擅长这个……也是不得已为之。马季，我没骗你，我和你一样是本地人，只是我们在你们之前就离开了地球。”

我听得一愣。

“用你们最广泛的一种命名来说，我们就是曾经的亚特兰蒂斯人。”他喝了一口酒，酒精令哈姆雷特的耳朵泛红。

他那双让人羡慕的漂亮眼睛看着手里的玻璃杯，“很多年以前，我们的先辈就在这里，住在地球上，是货真价实的原住民，整个星球都是我们的后花园。不像现在，分散到了各地，失去了自己的家乡……”

他情真意切，看起来不像是作假，我立刻兴致上来追问说：“据说你们住在大西洋，下面那片遗迹就是你们的家乡吗？”

“不是。”哈姆雷特撇了撇嘴，“那里只是一个海洋基地，类似于你们的……空间站，或者是一个人造浮岛，专门用来观察和选择海洋生物的，也有一部分的娱乐功能。真正的亚特兰蒂斯不在那里。”

“那是……”我这下子有些猜不到了。

他用手指了指天，我抬起头，银白色的圆月悬挂在夜幕中央，如同一盏幽冷的天灯。

“月亮？月球？！”

哈姆雷特点点头，显得有些惆怅，“以前地球不像现在这么小，那时候很大。这颗被你们称作月球的卫星，就是那时候我们的家园。”

我倒吸一口冷气，难怪亚特兰蒂斯的发掘这么多年一直杳无音信。原来一开始主次就不对劲，挖岔了，正主在天上呢。

他用一种缓慢的语调继续讲述着亚特兰蒂斯的尘封历史。

很多年以前，地球庞大并且物种更为丰富，亚特兰蒂斯人在这颗星球上创造了璀璨的文明，但他们很快就意识到了土地资源的稀缺与重要性，故而很快就从追求宽度、广度转向增加纵深。

从太空看去，亚特兰蒂斯的帝国是一个镶嵌在地球上的庞大球体，就如同是地球这颗巨大球状仙人掌上长出的一块幼芽。那时候的亚特兰蒂斯人早就加入了TIA，比如今的我们起步早得多。

但很多事情很难讲，未必你走得快就会好运，也可能会撞上迎面而来的灾难。

“当时出了一件大事。”哈姆雷特叹了口气，“帝都里的宫廷乐师们由于过于兴奋，将帝都给飞了起来……”

飞了起来？

我仰起头，看着圆圆白白的月亮，这东西，被人飞了起来？

“时间不早了，有机会的话，下次再继续讲给你听。”

哈姆雷特手里的酒杯已空，塞壬也心满意足地端着一碗红豆汤回来献宝般地让我喝掉。夜市的半夜场正在慢慢拉开序幕，我们这些前半场的人也该离场了。

3

不久后，在哈姆雷特的烧烤摊上终于出现了一块招牌，只是上面写着：“波板糖”乐队招募乐手、主唱中，如有意请扫码联系。

我看得精神一振，哈老板终于知道了自己的方向，别管你是火星人还是哈姆雷特王子，在现在的地球上还是得选择自己适合的方向。这块牌子一直挂着，似乎始终没有招募足够的成员，想想也是，在夜市挂着招歌手的牌，总是觉得有些怪异。

有天晚上，塞壬打开电视招呼我说：“马季，哈姆雷特上电视了。”

我们两人拿着西瓜坐在荧幕前准备看他的表演。

这是一个叫作《外星达人秀》的新晋节目，正播得火热，一般都是展示各路外星人的特殊能力。比如说，有人身上的孔洞都是相同的，可以从耳朵里插入一根电线，然后从鼻子或者嘴里出去；再比如，有一个种族能够伪装自己，迅速地将自己和周围环境融为一体……这些对他们本人习以为常的事，在我们这些平庸无聊的地球人眼里却很精彩。

哈姆雷特站在舞台上，有些紧张。他的手紧紧抱着吉他，就像是抓住一块免死金牌。他的目光也在游离，就是不敢朝向镜头，看向下面的观众。

经过主持人介绍后，哈姆雷特坐在舞台上的椅子上，开始慢慢拨动琴弦。

老实说在这个达人秀舞台上表演吉他非常普通，很难脱颖而出。观众和评委们要的是新鲜的、其他人做不到的事。

亚特兰蒂斯人再怎么说也有一点特异功能吧？

吉他猛地变奏，哈姆雷特手指上下翻飞，整个人也完全投入到了演奏之中。突然冒出一阵钢琴声，让我怀疑是不是后台给的特效。

“他脚下是钢琴。”塞壬用叉子指了指。

我这才注意到哈姆雷特站起来，脚下是一个巨大的电子钢琴荧幕，他不断用双脚在上面踩点演奏，与手上的吉他完全同步。手脚并用没有一点紊乱。

台下终于响起了稀稀拉拉的掌声。

我关注的是哈姆雷特吉他的变奏，他控制吉他变音又快又急，听起来却并不觉得突兀，反而是一种迎面而来的凌厉冲击感。快速的变调却毫不刺耳，声音凝聚不发散，让人仿佛在用耳朵经历几分钟的冒险。

最后一个调子结束，哈姆雷特如释重负。

评委们互相看了看，最后没有一个人给他晋级。原因很简单，用直白一点的语言来说，你音乐玩得不错，但是我们是达人秀，这并不能代表你外星人身份的独特性啊，也没有让场下观众掌声雷动，所以抱歉，不能过。

他失败的关键在于没有展示出亚特兰蒂斯人的特殊之处，看起来就和其他本土地球人一样平平无奇。

在达人秀里这只是一个很平常的失败。之前我就发现哈老板这人有些过于扎在自己的世界里面，对外面的世界兴趣不高。烧烤摊过于干净以至于不像烧烤摊；达人秀的表现也太过于内敛；原本这是一个展示自身奇特，吸纳粉丝的活动，参与其中你就要认清这个本质才对。

哈姆雷特就像一个进入职场没有找对方向的新职员，四处使劲儿，但都没有用在刀刃上。

第二天我拉着塞壬去了哈老板的烧烤摊，哈姆雷特吃着一块榴梿，旁边放着一盒酸奶，依旧是那副云淡风轻的模样。

等到他不那么忙了，我再次请他坐下来聊天。这回他不喝酒了，请我喝了冰镇豆奶。

我委婉地表达了自己的看法，希望他能够去找一些真正玩音乐的人，那样他本身的音乐天赋才能发挥出来。秀场这种东西，无论是对外的烧烤秀还是荧幕内的真人秀，都不太适合他的路子。

“谢谢你，马季。”他点点头，看了看周围，“我懂你的意思，但我并不是想要借助曝光率成明星，这是我在招募族人的方式。那一首曲子，就是当年亚特兰蒂斯的征召进行曲……”

哈姆雷特看向我，那双忧郁的眼眸散发出光彩，“其实，我是亚特兰蒂斯的流亡皇室成员，按照血统算起来也是王子。”

叫哈姆雷特，是王子，我内心好像一点也不惊讶。

见我毫无波动地喝了一口豆奶，哈姆雷特有些尴尬，“难道你一开始就猜到了？”

“算是吧……”

他有些闷闷，“哎，亚特兰蒂斯的王子也没什么意思，必须为了复国而奋斗，挺累的，但是又不能不做。”

复国王子，就如同是没有船的船长，火车飞机时代的马车夫，大概是最悲催的职业之一了。

“上次说到哪儿了？”他揉了揉眼睛，用力灌了一口奶，“哦，对，帝都被宫廷乐师弄得起飞。”

很难说清楚到底是哪一个人做出的荒唐行为。宫廷乐师中原本就有一部分是皇室王子，当时还有一个特殊情况，皇帝才驾崩，新的亚特兰蒂斯之王还没有被选出来，这时候帝都突然起航飞向太空，所有人都很惊慌。

“慢慢就变成了月球。”哈姆雷特缓缓地说，“经过很精密的检查，大家才得出结论——是先王做的，他设置了起飞的倒计时命令。”

我不免奇怪，“他为什么这么做？”

“避免生灵涂炭，影响到地球生态啊。”哈姆雷特放下杯子，擦了擦嘴角的奶沫，“因为亚特兰蒂斯的王位争夺一般都很激烈。帝都起飞，只有选出了新王大家才敢离开，等于把王位竞选者都锁在笼子里，让他们互相厮杀。”

经过了残酷的争夺战，最后决出了胜者。那一位新王却决定不再将帝都降落在地球上，他就高高在上，俯瞰着自己的领土，这样足够安全。

“可惜没多久他也死了。”哈姆雷特有些闷闷不乐，“之前他处死了所有王位继承人的适龄者，他死了之后就没有合适的人员可以继承王位了……没有新王继承帝都的控制权，帝都便处于无人可操纵的状况中，没有外来补给。那时候的亚特兰蒂斯人不得不全部离开帝都，返回地球……但是地球上几个海洋基地的门禁令始终错误，因为之前都是依靠帝都核心中枢运转，现在需单独去开启，亚特兰蒂斯多年的一个弊病就出现了——开不了门。

当时流行收集宠物，大家都在到处寻找各种珍奇生物作为宠物，互相之间经常炫耀，以收集珍稀物种为美谈，很多年都不玩音乐了。”

他抱着吉他突然无比烦躁地弹奏了一曲《Survival》，用狂躁的音乐发泄着自己内心的愤懑。

一曲后，哈姆雷特放下吉他，手指开始渗血。他摸出一块创可贴熟练地裹上手指，“亚特兰蒂斯的每一个基地，包括帝都的核心开关，都是依靠音律控制的。必须重复演奏出那首开门曲，前后至少要六个小时，才能够打开门。”

我似乎明白了什么。

哈姆雷特颓然地低下头，“是的，我们被自己锁在了门外。乐谱遗失，音乐细胞也越来越少了。”

星际联盟中就是按照审美鉴赏能力来分辨文明程度的，原本互相之间的基础差距并不大。审美鉴赏能够反映出一个族群的发展程度。原本亚特兰蒂斯人都能歌善舞，星际联盟评级也很高，可后来由于帝都失控，先王过早驾崩，根本没来得及传下每一个基地的进出乐谱，让他们空有宝山却不得入。

他看向我，“先民们尝试了很多次，可由于失败的次数太多，各基地都启动了自我保护措施，直接沉入了海洋深处……帝都也回不去了。大家想了想，还是移民吧，移民到TIA的其他星球上去。”

讲起这次移民经历，哈姆雷特更是一肚子的牢骚。不断和我讲起移民遇到的困难，他们在各地的限制很多，手续烦琐又很难遇到同样的老乡，还被各种刁难和看不起。

“那你这次回来，是想要重新开启亚特兰蒂斯的几个海洋基地？”我迟了几秒才意识到这一点。

哈姆雷特点点头，“听说地球上人口最多的是这个国家，而这个国家人最多最集中的地方就是夜市，因此我才过来的啊。就是想要找到老乡，一起去尝试开启故国的大门。上节目，弹的曲子同样也是想暗示大家一起去开门。”

原来是这样，难怪烧烤摊开得心不在焉，他主要是借助这个地方寻找同族人一起复国！

想到面前这位将来很可能会是一国元首，我不由有些紧张又有点兴奋。想着自己要不要资助一下这个落难王子一点复国经费，将来说不定能给我一个荣誉爵士的封号，说出去多有面子。

可哈姆雷特拒绝了，“我暂时不缺钱。”

我不信，“怎么可能？你这个摊子盈利应该不高才对。”

“是的。”他很坦诚道：“但是之前××集团的许一啸先生就赞助了我一笔启动资金，挺多的。这次达人秀也是他帮忙托关系才让我有了上镜的机会。”

许一啸……就是许一笑周期变化之后的新名字，冤家路窄，让我心里更是腻味。

4

一周后，哈姆雷特的烧烤摊上多了一个男人，长得像是一块海绵似的，身宽体胖，叫作萝卜，同样是亚特兰蒂斯人。萝卜擅长吹口琴，双手握住口琴的样子如同一只飞鹰，他平时看起来傻乎乎的，演奏时却认真严肃，的确和哈姆雷特有些相似。

萝卜比起哈姆雷特要懂得来事多了，他经常和客人们瞎聊，也不耽误烤串，就是经常忘记了，边烤边自己吃起来。

有赞助人的哈姆雷特王子并不在乎，只要有复国志士靠拢就是好事。

可我总觉得不妥，因为萝卜这人给我的感觉有点像高尚，公司里有三种人，苦力、吃白饭、刺头，萝卜就属于吃白饭。带着这么个人去复国，开启亚特兰蒂斯的大门，我总觉得不靠谱。

你说一个连烤串都不能坚持的人，让他去干这种大事，能成吗?

好几次我也单独对哈老板委婉地表达了自己的看法，这让哈老板很不高兴，“马季，这是我们亚特兰蒂斯内部的事情，我们大目标是一样的，不能要求过于苛刻。”

我里外不是人，便不再提这事。

仅仅不到半个月，烧烤摊上就再次剩下哈姆雷特王子一人。他情绪显得有些低落，烧烤也经常烤煳，弹曲子竟然也频频走调。

我没作声，背后说是非实在吃力不讨好。我虽然八卦，可都是找着不戳痛人的点子说，也会分个轻重。

有天我吃了一盘烤虾准备和塞壬回家，哈姆雷特突然端着一盘烤螃蟹放在我们吃的只剩下铁签的桌子上。

“还有点吃不完的，帮我吃点。”哈姆雷特挤出一个笑容。

塞壬倒是不管那么多，瞟了我一眼，见我没意见就开始熟练地用剪刀剪螃蟹，面对海产时她这个海猎星人总是很有感情，养起来念情，吃起来带劲。

我们相顾沉默，塞壬敏锐地意识到我们俩要说什么，于是借口说去找炒年糕给我们留出了空间。

“你是对的，”哈老板有些闷闷不乐，“萝卜根本不想要复国，他过来拿了我的一笔资助金就跑了。前不久，还有高利贷找了过来。他欠了很多的赌债。”

我安慰他：“不用太放在心上，这种事很多的。至少只是骗了钱，别的东西还在。”

“你怎么知道他有问题？”哈姆雷特疑惑道。

“我工作的一部分就是看人。”

这么说也许有些狂妄，不过萝卜那种人我的确见过不少，一般公司里凑人数时用，裁员时他们也是最快上名单。我不是对这部分人有偏见，只是他们的确对正事无用，凑桌子喝酒、吃饭玩儿也许都是很好的人选，但不是一个良好的合作人。

我们正聊着，旁边突然驶来一辆白色宾利车，车门打开，从里面走出来一个穿着银色高跟鞋的卷发女人。她小心地避开地面上的油渍，朝着我们径直走来。

“哈先生，”她招呼道，“上次我们说的事，不知道你考虑的怎样了？”

哈姆雷特摆手，“不干，不干。”

女人有些急了，“我看得出你是想做音乐的人，我在这边暗中观察了你两周，你有空就弹吉他，肯定很热爱音乐。难道你不想将你的音乐传达给更多的人听到吗？”

哈姆雷特摇头，“不想。”

我看情况有点僵，于是做和事佬，“这位女士怎么称呼？”

“肖娜。”她这才瞄了我一眼。

很快我就搞清楚了，原来这位肖娜是想要发掘哈姆雷特，让他去当她们公司旗下的音乐人，进行进一步的推广和专业训练。

我心说可惜，如果李白在的话肯定早就答应了。奈何你遇到的是一个要复国的前朝王子，人家练音乐只是为了打开回家的门。

“是这样的，这位肖小姐……”我将肖娜带到旁边，“哈姆雷特这个人比较理想主义。你知道的，玩音乐的嘛，多少有些叛逆、渴望自由，觉得进入贵公司就会被限制到……你给他一点时间考虑，他冷静下说不定会想明白。”

“你倒是个明白人。”肖娜点点头，“那就先这样，你最好让他知道，偶像力量在现在的时代是每个人都梦寐以求的，别人想都没有机会。”

等肖娜走后，哈姆雷特开始对我发牢骚。贵为王子也是不容易的，纵然亚特兰蒂斯人已经失去了自己的星球，到处移民迁居，可哈姆雷特这样的王子从小就有一个领路人，让他从仪态到习惯上都要保留当年的王室标准……其实这都不算什么，最惨的是，什么都练了的王室后裔，结果告诉你大亚特兰蒂斯早就亡了，帝都变成了一颗卫星，还被星际联盟安装了一个监视器。

哈姆雷特烦恼道：“我一定要复国成功……”

我心想，每一个亡国王子都是这么说的。

5

不久之后，哈姆雷特的烧烤摊又迎来了一个亚特兰蒂斯人。“波板糖”乐队也多了一个主唱，这是一个穿着露腰背心的年轻姑娘，她把头发染得花花绿绿的，看起来也疯疯癫癫的，很擅长贝斯，声音高亢尖锐。

她给自己取名叫辣椒，因为她本人喜欢辣椒鲜红尖利的模样。

平时哈姆雷特专心地弹吉他，辣椒麻利地烧烤，一边烧烤一边偷吃，并且说这样是为了广告，给大家营造一种特别好吃的感觉。

辣椒的到来没有让哈姆雷特松口气，反而他眉宇之间的抬头纹更深了。

“辣椒，专心烤肉！”他怒斥偷吃的辣椒，“别忘记了我们的目标。”

辣椒在我眼里倒是符合夜市的风格，哈老板还是显得过于高冷，总是很难和这里的环境完全融合起来，所以他自己别扭。

这股怒气在他心里积压许久，最终在和辣椒的一次争吵中爆发出来。

“不要沉迷烧烤！”哈姆雷特作势想要用榴梿砸在烧烤摊上，但试了几次，最后还是丢进了后面的垃圾桶，“你到底是来烧烤的，还是来准备开门的？”

辣椒也不甘示弱，“我就喜欢烧烤，怎么了？你了不起，你一个人去唱去跳啊，你能开门算你厉害！”

哈姆雷特被她气得嘴唇直抖，“岂有此理，岂有此理。”

他就是骂不出口，让人替他着急，恨不得帮他骂几句。

看到旁边围观的我，哈姆雷特眼睛一亮，仿佛找到了救命稻草般一把抓住我，“马季，你说，你评评理。”

这还哪有王子的模样，倒像是一个受了委屈的学生找老师的神态。

我看了看周围围观的人群，说："大家都是一个乐队的，坐下来，坐下来慢慢谈，辣椒你说呢？"

她大咧咧地坐下，用牙齿咬开啤酒瓶盖，"噗"地一声吐在地上，"怎么说？"

哈姆雷特皱眉，"注意形象。"

辣椒仰起头对着瓶嘴喝了一口，放下后擦了擦嘴，"我又不是王室，怕什么，而且亚特兰蒂斯早就亡了……"

这话激得哈姆雷特跳了起来，我好不容易才让他再次坐下。

"你就一句话，到底还想不想复国？"哈姆雷特眉毛一横，大有一副答案不对我们就此别过的气势。

"哈姆雷特王子，我就问一句，你有乐谱吗？"辣椒说。

"没有……"

"没有？那你是准备一个个试曲子喽？我数学不好，但也知道要练会这个世界上所有已知的曲子，一个人是不可能完成的，你可能一辈子都不够学。"

辣椒露出关爱儿童的神色，反而耐心下来，"我过来本来就是冲着烧烤来的，顺便组组乐队、唱唱歌也无所谓。"

哈姆雷特气得脖子都红了。

辣椒反而笑了，"王子殿下，你有没有想过，这么多年了，海洋基地那些开关系统还可以用吗？帝都都消失多少年了，能够开启下面基地的概率几乎是零。"

我听得有些懵，"帝都不是在月球上吗？"

“最初是，后来帝都自身求生系统被触发，早就从月球上脱离飞走了，也不知道飞到了什么鬼地方去。”辣椒随口道，“怎么，他没有告诉你吗？”

哈姆雷特脸色一红，“我只是忘了说。”

我突然又想到了一个问题，“亚特兰蒂斯之前争夺王位，只有王子才有资格参加，那么现在王子只有你一个吗？”

“当然不是，”辣椒抢答说，“我知道的就还有几个，一个在当飞行员，还有一个在一颗星球上养熊。”

我想到了一个很重要的问题，“如果，我是说如果，最好的情况下，你重启了亚特兰蒂斯，那么各路王子都会回来角逐王位，到时候谁才算是领袖？根据你们一族的历史，又是混战，弄死其他人的才能当元首。”

哈姆雷特犹豫了一下，“到时候可以抽签决定，或者……按照你们的办法，投票投出一个新王。”

辣椒忍不住笑出声来。

“我也有个问题。”

塞王不知从哪里冒了出来，坐在我旁边看向我们仨：“我可以提问吗？”

哈姆雷特点头：“请说。复国也是需要大家一起出谋献策的。”

“亚特兰蒂斯复国之后，你们人很少，里面又年久失修，自己肯定没办法完全将里面的设施和城市恢复，需要修路吧？就是从其他国家到亚特兰蒂斯的铁路什么的。”

让我意外，塞王说的东西很实际。

哈姆雷特点头，“肯定的，我们最多有几百人，人力方面是不够的。”

“那就需要外面的助力。”塞壬捏拳轻轻砸了下自己的另一只手掌，“各个国家都会派公司去你们那里修路开发，比如说维修里面的能源设备，重新建造建筑物，卫生下水道系统，居民社区和工业体系……”

哈姆雷特继续点头。

“不过你们又没有钱来支付这一笔花销，所以只能用土地和资源兑换，必须打开国门。人口少，最好的方向就是发展成旅游国家，大量物资进口，移民会大幅度增加，因为光是你们自己很难完全治理下来，需要外来人口充填，外来旅客不断改造，所以大多数饮食和习惯还得和地球人相似才行。那时候应该会有很多人在卖烧烤，唱歌什么的……”

塞壬“咦”了一声，“那不是和这里没什么区别了吗？”

哈姆雷特陷入漫长的沉默。

辣椒则是露出一个赞同的笑容。

我拉了拉塞壬，压低声调，“你这么直接，他会受不了的……”

夜市王子不断自言自语，念念有词，整个人精神很不稳定。

好一会儿，哈姆雷特才挣扎着认清了现实，“为什么会这样？”

他站起来，眼神迷茫。

旁边的辣椒也拍了拍他肩膀，“不是我不想复国，是它根本已经不存在了。哪怕重新从水里挖出来，也不再有以前的样子，辉煌已经过去了，我的王子殿下。”

亚特兰蒂斯还是待在水下比较好。塞壬的话也提醒了我，哪怕它被挖掘出来，最好的结果也无非是变成一个著名景点或是一个超大的游乐园和博物馆，真正的亚特兰蒂斯早就消失了。

6

不久之后，哈姆雷特决心以一个音乐人的身份出道，和辣椒一起签约了肖娜的公司，开始在各路媒体上预热露面。

他实在太忙了，好不容易才通过经纪人抽空和我见了一面。

哈姆雷特看起来精神奕奕，仿佛从亡国的阴霾之中走了出来，他对我说："马季，我想通了，要让亚特兰蒂斯复兴，只有一个方法——成为偶像！"

我有些没反应过来。

"让亚特兰蒂斯的文明再次流行起来，通过偶像的力量去推广。没有实体的东西是不会灭亡的！"

哈姆雷特眼里闪烁着奇特的光彩，"你知道亚特兰蒂斯的标志是什么吗？"

我说猜不到。

他在纸上画了一个像是烤串的标志，"这也是我觉得自己和烧烤有缘分的原因，亚特兰蒂斯的国徽就是这个符号。"

大烤串国？我郑重地点点头。

"我要把它推广到世界各地！这就是我以后的标志！"哈姆雷特提醒说："今晚有我的直播，记得收看。"

旁边已经等得不耐烦的经纪人站起来，给他看了眼自己的手表，“得走了，再不过去就来不及走红毯了。”

被经纪人催促，哈姆雷特还是说：“对了，关于你的情况我打听了一下，万象星重新对外开放了，你可以去那里试试看。万象星的韶光可以重现大脑中的记忆。”

晚上，我和塞壬打包了一盒烤串，买了生啤，回家坐在电视前，准备就着节目吃。

“来了，来了。”我让还在喂鱼的塞壬过来。

她也盘腿坐在地上，眼睛盯着荧幕。

被包装之后的哈姆雷特的确截然不同了，他的话依旧不多，但言辞变得柔和了许多，同时保持着良好的台风，很受人喜爱。

哈姆雷特弹到入迷时，情难自已地流下了热泪。现场的观众和评委们都自发地鼓起了热烈的掌声，毫无疑问地一举拿下了冠军。

大家都以为他是梦想成真地喜极而泣，只有我和塞壬知道事实并非如此。

塞壬低低地说：“他有点可怜。”

我捏了捏她的手。

哈姆雷特只是学会了直面真实的家乡。我们所记得的故土总是好的样子，它的破败、它的更替、它的无常变化令人手足无措。唯有旧日陷入了时间的碎片中，它永远定格在最美的容颜。

14.1 落日

万象星人

特　　征： 万象星人都是光脑门，穿一件大雨衣一样的蝙蝠衫外套“赛林卡”。本地人几乎人手一头陆行鸟，驯养动物用来服务观光客。本地温泉的万象韶光能让人大脑内最深处的影像重现，温泉鱼更是饕餮客津津乐道的美食。

职业选择： 餐饮业，旅游业，服务业。

爱　　好： 推广特色文化。

1

距离地球很远的一颗星球上遍布温泉，看起来如同是被勺子挖出一个个小坑的大西瓜。这些都是无数年来由于陨石星体撞击而成的坑洞，表面的水被地热炙烤形成温泉，加之原本就富含丰富的矿物质，吸引了许多星际联盟的人过来游玩。

蒸腾而起的水汽能够投影出脑海里的影像，这些画面几乎都是由每个人最容易忘记和最难忘的两部分组成，它们交织成一个类似人生缩影的画面，在雾霭上投射出弧光，这就是万象星最著名的“万象韶光”。

韶光中，每个人都能将过去再次重现。

不过大多数人去万象星既不是为了温泉，也不是为了韶光，而是为了这里的特产——温泉烤鱼。由于游客们的进食欲太猛，导致当地鱼类受到了巨大的威胁，所以万象星不得不暂时关闭，等待鱼类们成长，避免造成不可逆转的生态威胁。

闭关十年，今天终于重开大门，各路食客们蜂拥而至。

飞行中心的候机大厅里，我和塞壬耐心等待着，还有不到一个小时，本次通往万象星的航班就要检票了。多亏了哈姆雷特帮忙，我们才拿到了两张第一批次飞往万象星旅游的入场票。

我还是第一次出国出球，心情有些紧张，不停地翻看着手中一本薄薄的小册子，上面写着各种注意事项。包括空中遇险如何自救、如何使用舱内的求生室等，那是一个像是小棺材一样的东西，人躺进去按下紧急按钮就会在人体外形成一层坚韧且紧贴皮肤的膜，让人进入休眠状态，以此减少消耗，等待救援。

塞壬眼神飘忽，有些心不在焉。按理说对于她这种爱鱼人士，万象星简直是一个福地，可她却并不怎么兴奋。

我折叠小手册问她："身体不舒服？"

塞壬看着自己脚下黑色的马丁靴，仿佛没听到我的话。

"怎么了？"我碰了碰她的后背，塞壬猛地抬起头来。

见她脸色发白，我意识到应该绝不是什么小事，"难道你……恐飞，恐高？"

不过转念一想这不可能，毕竟塞壬可是不远万里过来刺杀赵无钱的杀手。一个杀手恐高，我无法想象，这样的缺陷对职业影响巨大。

她侧过脸去，不看我。

"怎么了？你倒是说啊。"我有些着急，现在还有四十分钟就要起飞了，眼下她如果出了什么情况，一切计划都将被打乱。

塞壬憋红了脸，最后低声说："我饿了。"

你早说嘛！

大概是由于觉得不好意思，她一直埋着头。我心里一阵轻松，带着她去候机厅的快餐店，俩人吃了一点三明治和炸薯条，吃完之后恰好听到广播里通知登机。

作为第一次上机，我还是有点紧张的，在自己的半球状座位上小心翼翼，尝试着一个个功能，给自己扣上安全锁，戴上防震耳机。我自认为准备得已经非常标准了，可起飞后那股巨大的冲击力还是让我一时间喘不过气来。这艘飞船是通过节点折叠穿梭进行的远程航行，从地球到万象星的旅程总共需要三天到十二天不等，要根据航线是否畅通而定。

很快我就从最初的紧张慢慢放松下来，渐渐习惯了飞船上的旅行。

除去起落环节之外，飞船内部呈现上下反向旋转，形成的离心力模拟出了重力，人在上面并不会觉得难以承受，只是重力只有地球上的五分之一，得小心一些行动，一不小心就很容易飞起来。

在我轻飘飘地在飞船上的活动室里走来走去时，塞壬却坐在窗边，看着外面黑暗深邃的星空。自升空之后她就满怀心事，我并非迟钝无知，只是她不讲我也不好问。

“马季！”

身后有人在喊我的名字。我看过去，来人是一个梳着“爱因斯坦头”的胖年轻人，他用萝卜一样的手指抹了抹脑侧的头发，用一种似曾相识的目光打量我，“马季，你真的变化好小。”

见我没反应，他上前一步指着自己脑袋说：“我，铁头啊。我现在是摄影师了。”

我当然记得铁头，学生时代欺负我最狠的那家伙，他总是在我放学或者上学时从我身后跑出来，公牛一样的一头将我撞倒，然后和周围的人一起哈哈大笑。这让我每次上学都在书包里藏一块木板，提防他可能的袭击。当时我非常恐惧，每天都会下意识地检查自己的腰，看有没有被撞坏。

我装作根本不记得这个人的样子从他旁边走过，让他伸出来的手尴尬地停在空中。

回到座位上，塞壬抱着一罐冰水猛喝了几口。

“马季，”她一脸下定决心的样子，“我要告诉你一件事。”

我做好准备洗耳恭听。

“其实，当时我第一次找到你，是躲进你们小区时，看到你楼下的邮箱里有一封你的账单，上面写着你的名字……”

她说得很慢，生怕我没听清。

“敲门后我躲到了你家，避开了外面赵无钱的保镖。”塞壬又喝了一口冰水，“其实我们在此之前根本从没见过……”

“从没见过？可你明明说我是小马，我们俩是杀手，去刺杀赵无钱的啊……”

我一把抓住她的手腕，气急道：“根本没有什么小马，根本没有电波人？”

“我……不知道。”塞壬有些心虚，“我当时又累又饿，身上也有伤，只想要找一个地方避一避。通过微型监控发现楼下他们的人走了后，我就跟着走了。”

我稍微松了口气，还以为她外面有人——最坏的打算是塞壬和那个海豚男有染，没想到只是骗了我而已。

“你说话啊马季，你别这样。”塞壬脸色有些焦急，“随便说点什么也好。”

我很冷静，不知道该说什么好。

其实……我原本也想到了这种可能。电波人为什么会找到我？熊猫册册好歹有那么多的研究价值，又是珍稀动物，衣食无忧，而我当时不过是一个失业者，又不是什么天之骄子，电波人完全没理由选我。所谓杀手小马都是塞壬编造出来的故事，这也就说得过去了。

“没关系，至少让我认识了你。”我摸了摸塞壬的脸，“其实是不是电波人对我来说根本不重要。”

她松了口气，“我还以为你要和我离婚来着。”

我冷不防想到："原来你一开始就计划好的……"

海豚男事件时塞壬让我签署了保证不离婚协议，为的就是这回事。

塞壬有些不好意思地低下头。

枉我以为自己算得一清二楚，没想到塞壬不声不响，反而把我算计个正着，我不知道是该笑还是该哭。

我问她："那你怎么知道我恰好有一年失忆？"

塞壬在挎包里翻找出了一张折叠成小方块的纸张，小心抹平递给我，"这就是我在你门口发现的账单……"

纸张排头写着："东京三桥药品工业株式会社"。

下面用中英双语写满了各种药物的价格和疗程剂量，日期是2027年5月27日，总计消费了十五万美元。

我翻过来这张纸，背面写着我的名字马季，下面写了注意事项。

"尊敬的马季先生，非常感谢您参与本公司的最新临床实验研究，客户满意是我们公司一贯的追求目标，而您的建议与反馈至关重要，如有任何生理不适和疑问，请随时联系我们……"

这个临床试验叫作"记忆阻断手术"，在最下面有一段简要介绍：是将大脑内置一层生物贴片，只要特定记忆引起生理不适、痛苦或紧张时，大脑就会迅速略过这一部分，让它陷入不可回忆的状态。整个手术加上恢复观察期共十二个月，在东京三桥药品工业株式会社的特殊护理下进行。

我立马联想到人才市场的熊阿姨所说的鲸，那不是鲸鱼，而是东京啊。我当时嘴里喃喃自语的是东京。

越看我越是心惊，越是迷惑。

是我自己屏蔽了自己的记忆，为什么？

十五万美元我从哪来的？以我现在的薪水要凑够这个数，不知道要哪一年去了。

就在这时，播音员突然说："请大家系好安全锁，戴上防震耳机，必要的还可以套上牙套，我们将进行最后一次节点折叠，之后很快就会抵达目的地万象星，谢谢大家的配合。"

2

抵达时，万象星飘着雨，这里的雨很细，就像是被棉花糖机甩出来的糖丝，裹在雾中飘浮。这也是由于万象星独特的磁场形成的气象，到了星球自转到另一面，就是晴天，光亮来自一颗遥远的恒星。

下机之后，导游就严肃地告诉我们，一定要跟着他，不要随便购买东西，也不要随便和当地人搭讪。万象星人非常好客，但是也很有头脑，一不小心你就会发现自己的钱在不知不觉中都花光了。

我心里有些意外，居然还有不购物的导游，真是稀有物种。

万象星人都是光脑门，而且穿着一件大雨衣一样的蝙蝠衫外套，他们当地人叫这"赛林卡"。穿着赛林卡的本地人几乎人手一头大鸟，导游翻译成陆行鸟，明明是一种有巨大翅膀的强壮鸟类，嘴喙弯曲而宽厚，但是陆行鸟却喜欢奔跑，耐力强，不爱飞。陆行鸟也是当地的交通工具，万象星表面几乎都是丘林地区，湿热的环境让各种植被长势繁茂，要在其中穿梭必须乘坐陆行鸟。

我在陆行鸟的鸟背上来回颠簸，上头的皮垫子卡住两只脚，让双腿根本动弹不得。骑着鸟跑了半个多小时，我累得双腿打战。

导游仿佛预料到这样的情况，拉住鸟头说：“大家坚持一下，马上就到最近的一个自助服务区了，那里可以泡脚放松一下。走着！”

他一鸟当先，我们群鸟跟上，陆行鸟们一路“咕咕咕”地叫着，从林子里钻来钻去，跟在导游头鸟屁股后面飞驰。抵达服务区时我浑身已经被雨雾湿透，十分狼狈。

服务区是一个类似于巨大四合院小区的场地，有餐饮旅店和各种当地的风俗特色区域。比如说泡脚，就是由一种当地的小猴子给你按摩腿部，它们看起来很老实，木木的，手指很纤细柔软，轻轻地给你按摩。

听旁边懂行的人说，这些按摩猴性情温驯，好奇心很强，训练起来并不困难，但价格不菲。除去按摩，还有出售当地民族服饰“赛林卡”的地方，我们当然是入乡随俗都买了一件，还有本地的一种荧光石灯笼，专门泡温泉时用的。除此以外，还有陆行鸟爪项链、水果、甜品、肉干、香薰包等，七七八八消费下来，兜里开始紧张起来。

我才明白导游的意思，千万不要随便购物，一定要到这里来购物。此时他脸上笑成了一朵花儿。

见大家兜里所剩无几，导游打了个呼哨，“大家上鸟。”

一路狂奔，我们终于抵达温泉区，这里也是导游定好的今晚我们要住宿的地方，接下来的两天我们都会在此休息。为了避免水土不服引起疾病，外来游客一般不会在这里待超过三天。这里气候湿润温热，白天闷热，夜里又变得很凉，前后差异大，不注意的话就会感冒，或者引起生理不适应。

将背包塞进酒店的房间里，我和塞壬穿上宽大的赛林卡，漫步在石板小路上。小径两旁是一个个木头小屋，外面木门关闭，上面挂着编号，顶部是缓缓冒出的白烟，在干净的黑夜里极其显眼，这就是温泉小站，一个小站里面最多容纳两人。

我们的小站在一个不起眼的角落里，进去后我锁了门，脱下衣服，从凸起的石路上走入温泉中。这是一个有十三四平方米的圆潭，水有些发白，热气从水面升起，一路徐徐往上，透过顶部的方形露天开口冒出去，就像是一个浅浅的烟囱。

塞壬直接在里面潜水，吐出一串泡泡，我把她从水底拉起来，差点给她把肩带拉掉。

“说正事，”我不让她逃，“你到底还有哪些是假的？”

塞壬眨了眨眼，“除了小马的事情，其他都是真的。”

我下机之后就通过通信设备和地球那边的东京三桥药品工业株式会社联系上，通过自己的个人编号核实了，自己的确在那边进行了为期一年的药物手术治疗。

小泉奈美小姐用有些蹩脚的普通话说：“马桑，您的手术可以说是非常成功呢。院长就说过，您是通过手术改造性格最好的一例了。当时我还见过您，马桑才来时从不说话，后来手术后渐渐开朗许多，让人松了口气……您还向护士学习日语，她们都偷偷说您很可爱呢……”

我始终回忆不起来，“可是我完全不记得有这回事。”

“那是正常的，阻断回路一旦成型，就会连带近期记忆一并丢失，这也是院长一再要求必须进行一年观察的原因呐。”

小泉小姐声音里带着日式体贴，“马桑，请记得今年年底前一定要回来复诊，这也是为了您的健康着想。”

她顿了顿，笑道：“如果您还没有结婚的话，那位护士小姐可是想要和您进一步认识呢。”

我瞄了一眼旁边竖起耳朵的塞壬，挂断电话。

事实就是，我逆转了自己的性格和记忆，重新开始加载人生，真正忘记的不是这一年，而是之前二十几年很多不想记起的画面，它们一帧一帧地被关闭，却并不影响连续的人生时间线。

温泉小站里很暖和，让人不觉地放松肌肉。

塞壬靠在池子边，将手臂放在水面玩着水，“我最开始来二次任务，继续找赵无钱的时候就不准备活着走的。只是感觉很不甘心，想着宰了他至少能给家乡报个仇。不过地球实在很有趣，有很多美食，火锅、烤肉、甜筒、鱼。还有海豚，也不用出海，哪怕一个月只上几天班节省一点也能活下去，但这在海猎星是不可能的……”

她声音里带着一种低落，大家都希望自己的家乡比任何地方都要好，可往往都并非如此。

叩叩叩——

门外传来一阵敲门声。

“客人，温泉烤鱼，要吗？”

3

说话的人普通话有点蹩脚，但很热情，他用一个托盘盛着一尾被切成一片片的银色鱼，旁边还配有红白黑三色酱汁。

侍者进来后搬开了一块石头，下面有一面玻璃，他摸出一条封装好的毛巾擦了擦，又用一个黄色果子挤出果汁，然后放下五个果子，用夹子夹住一片鱼肉放在上面一过，“呲呲”一声，又过了另一面。他给我们演示完毕确定我会了之后退步出去，关上了门。

塞壬吃了一片，舔了舔嘴唇，“的确不错。”

我也蘸了酱塞进嘴里，只觉得入口即化，清香鲜嫩，甚至有些脆，吃起来口感极好，一不小心就滑入了喉咙。

“是吃鱼的时候吗！”我突然猛地一拍水花，“事情还没讲清楚！”

塞壬也只能放下叉子，一脸不高兴，“我已经都交代了，只是骗了你小马的事情……其他都是真的，真的。”

我不信，“至少……你得拿出证据来吧？”

塞壬绞尽脑汁想了想，忽然“啊”了一声，“有了。我好歹之前也是职业杀手，虽然任务失败，遇到你这样的，一般是用完之后就灭口。我到现在都没有这么做，这就是证明。”

“……有道理。”

我被她说服了，既然不存在感情诈骗，那之前的电波人骗局就看在夫妻的分儿上算了。

突然，我耳朵里传来一阵像是海浪般的声音，仿佛被一个无形的罩子给扣住，这是韶光触发的迹象。

我如同手册中所说，将脑袋枕在干毛巾上，仰起头，望向顶部那个方方正正的缺口。那里此时变成了一面镜子，上面仿佛是打翻了的彩色颜料桶，各种色彩相互纠缠，不断流淌。慢慢地，上面变得清晰了起来，变成了一个正在行走的视角，透过那位人物的双眼，我可以看到两旁都是教学楼，远一点的地方还有足球场，视线并不高。

镜头突然倒转，视角变成扑倒在绿化带里，他慢慢爬起来，从地上捡起一个黑色的双肩书包，身后有人在哈哈大笑。摔倒在地的人转身看过去，那是一个年纪不大的胖少年。

是铁头。

“马季，讲点相声来听啊？”铁头摸了摸自己脑门，“怎么样，我脑袋够不够硬？”

少年马季一言不发，拍了拍身上的灰尘和草，背上包继续往前走。

画面切换到了下一幕。一盒油腻的盒饭倒在少年马季的桌上，他正在用卫生纸不断地擦拭，却被老师喊了起来，让他站到后面去，全场哄然大笑。

少年马季被人绊倒，手中抱着的一堆书全部砸在自己身上，他手忙脚乱地叠好，从上到下，从下到上一本本数起来，却怎么都数不够。耳边全是笑声。

台灯下，少年马季翻看着一本本笑话书和相声剧本，对着镜子开始学习如何讲笑话，一句一句，一本正经。

少年马季一个人站在讲台上，下面的同学齐声高喊，“马季来一个，马季来一个！马季讲相声，马季讲相声！”他把脑袋垂得尽可能的低，只看得到他黑色的球鞋，欢呼声一浪盖过一浪，到最后变成了铺天盖地的嘘声。

视线变得高一点，马季中学时代独自一人坐在教室的最后一排，其他人都有同桌，只有他没有，传出的音调变得尖锐。“怪胎”“自闭症”“傻子”各种评价他的声音飘散而出。

画面一转。马季站在一栋宿舍楼下，仰起头看着某一层的位置。那里几个女生探出头来，剥着瓜子儿，瓜子壳慢悠悠地飞下来，落在了马季手里。

离校的那一天，周围没一个人和他打招呼，只有班主任象征性地拍了拍他的肩膀说：“马季好好养病，学业以后再继续也可以。”

毕业答辩，几位评委老师脸色不好看：“马季同学，请你完整说完，不要加那么多有的没的，你能够说清楚你的毕业设计吗？我们没有太多时间耗在这里，如果不行，请下一年再来。”

马季结结巴巴地说着，画面变暗。

最后的画面是睁开眼，看到手腕上淡蓝色的病人腕带，墙上的病历卡写着一个名字，重复着上面的两个汉字——马季，马季。

模糊的记忆全部都清晰了起来，就像是一片枯叶吸纳了足够的水分，上面原本已经萎缩到不可见的脉络都轻轻舒张开来，一页页昔日的场景被解开锁扣，里面的不安情绪重新冲入身体之中。

韶光消失，这是生物电波消耗完毕的表现。我突然觉得很饿，扭头开始用叉子将一块块鱼肉烫着吃，裹上辣酱，蘸上酸汁，抹一点甜味，吃在嘴里，五味陈杂。

塞壬轻轻拍了拍我的胳膊，“都过去了。”

我点点头。

韶光上映射出了马季的另一面，那也是马季的一部分。孤僻、自闭、处处碰壁，就像是藏在人群中的一只幽魂，当时的我一定是觉得活不下去了，再也无法忍耐了，所以才去东京做了手术，就像是一个太丑的人终于下定决心去整了容。

过去我遗忘的部分，现在看起来并不算什么。失恋、孤独、学业不好、处理不好人际关系，这似乎是不少人都要面对的问题。只是我走不出，走入了末日。

明明活在最梦幻的时代，还是陷入了最普通的烦恼之中。

我不由得想到外星人降临那一天，我一个人走在空荡荡的人力市场，寻找着最后的机会。巨大空旷的室内回荡着皮鞋踏在地板上的声音，所有人都在关注着外星人，我却无法抬起头来，只能看着脚下被拖得光洁锃亮的地板，希望能找到一条出路。

躺在东京的医疗所里，身处异乡之中，我在药物和手术的帮助下忘记了过往的种种失败，语言轻度障碍反而变成了我和护士们之间交流的缓冲剂，她们教我唱歌，让我从她们身上一点点地学到了自己一直擅长的交谈能力。

重启人生，我强行逆转了自己的性格，自己大脑里变得空空如也，所以迫切地喜欢听其他人的故事，到处打听八卦，渐渐变成了马季现在的样子。

“原来如此。”

我心里终于放松下来。

塞壬讶异，“我还以为你会大哭一场什么的。”

“不会，也多亏了以前的经历，所以我的忍耐力非常高。”我往好的地方想，“不然苏老板那里我估计早就干不下去了……”

马季最本质的东西其实从来就没有变过，从小我就习惯默默忍耐，父亲去世之后我就学会了这一点。

世界的上所有东西都是稍纵即逝的，它们终将随着河流飘向远方。学了很多笑话，马季终于学会了笑话自己。

41

我将耳机塞进耳郭里，对着贴在嘴角的麦克风说：“妈。”

那头传来老妈精神十足的声音，“马季，你在哪里啊，这个电话……好像不是你们那的区号，上面怎么全是乱码？你出事了吗？”

“没事，”我不由一笑，“妈，你知道我去东京做手术的事吗？”

“知道啊。”

我愣了愣，原来自己才是唯一被蒙在鼓里的人。

“妈，那十五万美元是……”

“哦，那个借的。”

我顿时意识到，“房子卖了吗？”

她那头笑得很爽快，“房子卖了还能买，我可只有一个儿子啊。”

我听得鼻子一酸，好不容易才忍住，没有失态，“妈，我结婚了。过些天我们就回来。”

她吓了一跳，以为我是在外面先上车后补票。我好不容易才让她相信我并没有，只是过程比较快速，和普通的结婚流程不太一样。

塞壬却像是怕打针的小姑娘一样，躲得远远的，怎么都不敢过来和她通话，让我一顿笑话。

异星之旅结束得很快，再次登上飞船时，我又看到了铁头。小时候他头发茂密，特别活力，现在的爱因斯坦头却让他显得稳重了许多。

他正在摆弄一架看起来很贵的相机，胖乎乎的手指犹如在触碰一具玻璃人偶。

“我记得你头很硬。”

听到声音的铁头扭过脸来，终于露出笑容，小心地收起装备，“马季，要不要试试，还是很硬。”

他用食指敲了敲脑门，发出金属一样的响声。

“两年前，第一次去外星环境拍摄，遇到了火山喷发，被石头给砸烂了头骨，好在人给抢救了回来，换成了钛金的。这下子出门都不用戴头盔了。”

铁头很乐观，“你呢，还喜欢讲笑话吗？”

见我有些不懂，他解释说：“你读书时候不是最擅长搞笑吗，什么不小心平地摔，动作总是夸张无比。而且，我记得你当时很喜欢一个人玩单口相声，我们好多人都觉得你肯定是要从事娱乐行业的。”

我听得有些吃惊，“我当时很搞笑吗……”

铁头笑着说：“超搞笑，看到你的表情就想笑，可是你这人太傲气，不怎么搭理人。我还记得最后一次班会时，大家都在请你讲相声，结果你就是不肯，挺遗憾的。”

难道是这样的？

在我的视角中，马季是一个被学生孤立的人；可在铁头眼里，马季却是一个骄傲的、爱讲笑话的人，那张马脸哪怕严肃起来都很喜感。在别人眼中，反而是马季在对其他人采用无视的冷暴力。

我不得不感叹世界真是奇妙，都不知道哪个马季才是真的。

机舱突然一阵震荡，我和铁头都拼命抓住旁边的扶手，才没有被甩出去。

“请各位旅客系好安全锁，本航班遇到了一次小型陨石流，在此期间会持续颠簸，这个过程预计会持续三十分钟左右，请大家放心……”

广播一次次地重复，我和塞壬在座位上系好锁扣严阵以待。

不断摇晃的舱内环境震动幅度渐渐减弱，我终于能够调整脖子看向窗外。

外面有十几道拖着长尾的弧光正在从漆黑的星空中划过。飞行燃烧的陨石最前头是白色的、中部是赤红色的，最长的尾焰是淡蓝色的，绚烂无比却又充满危险。

此时前面的铁头已经开始用双手端着相机，认真地捕捉着这一幕。

我打开音乐，前奏轻轻地钻入耳朵。我和塞壬不约而同地都往外看去。可能在陨石们的眼里，我们大概也是一群古怪的局外人——老是藏在玻璃罐子里，不肯燃烧自己，却羡慕它们绮丽壮美的火焰，害怕又渴望着玻璃外面的世界。

将曲目调到东京事变的《落日》。我在东京接受治疗时，活泼的护士小姐经常唱这首老歌给我听，哪怕现在我也能记起拍子跟着哼唱。

「何が悲しい?」と尋かれたって

就算有人问

何も哀しんでなど居ないさ

其实我根本也没难过什么

丁度太陽が去っただけだろう

可能是刚好遇到太阳离去而已

微かな希望と裏腹に

背叛微渺的希望

ごく当たり前の白け切った夕日を迎えた

迎接了极度理所当然的雪白夕日

独りきり置いて行かれたって

尽管被孤伶伶地留下

サヨナラを言うのは可笑しいさ

就说再见毕竟太过可笑

丁度太陽が去っただけだろう

可能是刚好遇到太阳离去而已

僕は偶然君に出遭って

我偶然遇见你

ごく当たり前に慈しんで 夕日を迎えた

以极度理所当然的爱怜 迎接夕日

さあもう笑うよ

好 要笑喽

图书在版编目（CIP）数据

我可能遇见了假的外星人 / 李维北著. -- 南京 :江苏凤凰文艺出版社，2018.5

ISBN 978-7-5594-1875-3

Ⅰ. ①我… Ⅱ. ①李… Ⅲ. ①科学幻想小说－中国－当代 Ⅳ. ①I247.5

中国版本图书馆CIP数据核字(2018)第069186号

书　　名	我可能遇见了假的外星人
作　　者	李维北
策划出品	九志天达
责任编辑	姚　丽
策划编辑	尹佳月
责任监制	刘　巍　江伟明
出版发行	江苏凤凰文艺出版社
出版社地址	南京市中央路165号，邮编：210009
出版社网址	http://www.jswenyi.com
印　　刷	三河市金泰源印务有限公司
开　　本	880毫米×1230毫米 1/32
字　　数	250千字
印　　张	9
版　　次	2018年5月第1版　2018年5月第1次印刷
标准书号	ISBN 978-7-5594-1875-3
定　　价	39.80元

江苏凤凰文艺版图书凡印制、装订错误可随时向承印厂调换